Grazia Deledda

La madre

Novela

traducción de José Miguel Velloso

NOR

Ilustración de cubierta: Giuseppe Biasi, *Mujeres de Orgosolo en la iglesia*, óleo sobre masonite, 1932.

Revisión del texto: Giovanni Muroni.

El editor, al no encontrar en su búsqueda a ningún titular de derechos de traducción, los ha considerado libres. En todo caso está dispuesto a reconocerlos a quienes les correspondan.

Colección "Le Grazie"

PoD Edition

Tìtulu originàriu: *La madre* (Treves, 1920).
Tradutzione dae s'italianu de José Miguel Velloso (Aguilar,1956).

GRAZIA DELEDDA
La madre
ISBN **978-88-3309-038-2**

Editziones NOR, carrera Lombardia 11, I-09074 Ilartzi (Aristanis), Sardigna.
www.nor-web.eu – info@nor-web.eu

Presentación

La madre fue publicada por entregas en 1919 en el periódico romano "Il Tempo" y el año después apareció en forma de volumen publicada por *Treves*, un prestigioso editor de autores célebres que ya había incluido en su catálogo muchas otras obras de Deledda.

La madre llega después de una serie de novelas más famosas, como *Elias Portolu* (1900), *La hiedra* (1908) y *Cañas al viento* (1913). Deledda ya vivía desde hacía veinte años en Roma y había cultivado ya un éxito de público y de crítica. A pesar del debate imperante sobre la difícil clasificación de su obra, los estudiosos tenían una opinión unánime sobre la madurez que había conseguido la narrativa deleddiana, cuya poética se había desarrollado totalmente en Cerdeña.

Desde principios de siglo, sus novelas empezaron a ser traducidas también en el extranjero y en 1928 la traducción inglesa de *La madre* (*The Mother*), de Mary G. Steegman, fue publicada con un prólogo de David Herbert Lawrence, que viajó a Cerdeña justo el año en el que la novela de la autora de Nuoro apareció en forma de volumen. Esta traducción confirmó el éxito de Deledda en el extranjero.

El autor inglés apuntó que esta novela era una de las menos típicas de Deledda, la menos 'continental', porque trataba un tema universal: la imposibilidad de un amor que vincula a un cura con una mujer. Sin embargo, para Lawrence Cerdeña, con las pasiones de su civilización arcaica, seguía siendo el corazón de la narración, en la que la lógica del instinto predomina.

La crítica, en cambio, se centró en el alejamiento respecto al tipo de narración precedente. En esta obra, Deledda abandona el cuento lineal y se embarca en una narración moderna en la cual los acontecimientos de los protagonistas emergen de sueños y *flashbacks*.

La presencia del diablo y de las supersticiones, el paisaje interiorizado, la advertencia de que no cumplir con sus obligaciones lleva siempre a lo irreparable son constantes imprescindibles en la obra de Deledda. Sin embargo, Cerdeña es una presencia casi vaga en esta novela y lo que emerge son las psicologías de los personajes, enfrentados a la habitual lucha entre el deseo y las prohibiciones, y que esta vez concierne a uno de los tabúes más importantes. El tema del celibato de los curas, ya tratado por Deledda en *Elias Portolu*, y del voto de castidad como un sacrificio incomprensible confirman la actualidad y la valentía en la forma de pensar de la escritora nuoresa.

La presente traducción de José Miguel Velloso, revisada y corregida, ofrece al lector hispanohablante una ventana al mundo deleddiano. Un mundo profundamente sardo, aunque expresado originalmente en lengua italiana.

La madre

También aquella noche Paulo se disponía a salir. La madre, en su habitación, contigua a la de él, le oía moverse furtivamente, esperando quizás para salir a que ella apagara la luz y se acostara.

Ella apagó la luz; pero no se acostó.

Sentada junto a la puerta, se oprimía una con otra sus duras manos de criada, húmedas todavía por el lavado de los platos, superponiendo los pulgares para darse valor; pero su inquietud crecía por momentos, vencía a su obstinación en esperar que el hijo se tranquilizara y que, como tiempos atrás, se pusiera a leer o se fuera a dormir. Durante unos minutos, en efecto, los pasos furtivos del joven sacerdote cesaron. Se oía solamente, fuera, el rumor del viento acompañado por el murmullo de los árboles del ribazo de detrás de la pequeña casa: un viento no demasiado fuerte, pero continuado y monótono, que parecía circundar la casa como una gran cinta estridente, apretándola cada vez más e intentando desenraizarla de sus cimientos y echarla al suelo.

La madre había cerrado ya la puerta de la calle con dos barras entrecruzadas, para impedir al diablo, que en las noches de viento rueda en busca de almas, su entrada en la casa. En el fondo, sin embargo, creía poco en estas cosas; y ahora pensaba con amargura, y con un vago sentimiento de burla hacia ella misma, que el espíritu maligno estaba ya dentro de la pequeña casa del párroco, que bebía en el vaso de su Paulo y rodaba alrededor del espejo colgado por este junto a la ventana.

En efecto, Paulo volvía a moverse; tal vez estaba precisamente delante del espejo, aunque esto, a los curas, no les está permitido. Pero ¿qué no se permitía Pauto de un tiempo a esta parte?

La madre recordaba haberlo sorprendido con frecuencia, durante aquellos últimos tiempos, mirándose largamente al espejo, como una mujer; limpiándose y dándose brillo a las uñas; cepillándose el cabello, que se echaba hacia arriba después de habérselo dejado crecer, como si intentara esconder la sagrada marca de la tonsura.

Además, usaba esencias, se lavaba los dientes con polvos perfumados y se pasaba el peine incluso por las cejas...

Le parecía verlo como si la pared divisoria se hubiera partido: negro sobre el fondo de su habitación toda blanca; alto, incluso demasiado; desgarbado; iba y venía con su paso distraído de mocetón, tropezando y resbalando con frecuencia, pero sin perder nunca el equilibrio. Tenía la cabeza un poco grande sobre su delgado cuello, y el rostro pálido, oprimido por la frente saliente, que parecía obligar a las cejas a fruncirse, a causa del esfuerzo de sostenerla, y a los ojos a permanecer entornados, mientras que las mandíbulas, fuertes, la boca grande y carnosa y el mentón duro, parecían a su vez rebelarse con enfado a esta opresión, pero sin poderse librar de ella.

Mas he aquí que se detenía ante el espejo, y todo su rostro resplandecía, porque los párpados se levantaban y, en la transparencia de sus ojos castaños, la pupila centelleaba como un diamante.

La madre, en el fondo, en su corazón de madre, se complacía viéndole así, hermoso y fuerte, cuando sus pasos furtivos la devolvieron a su pena.

Salía, ya no había duda: salía. Abrió la puerta de su habitación. Se detuvo de nuevo. Tal vez también él aguzaba el oído a los ruidos de alrededor. Solo el viento seguía cayendo sobre la casa.

La madre intentó levantarse y gritar: – ¡Hijo, Paulo, criatura de Dios: detente!

Pero una fuerza superior a su voluntad la inmovilizaba. Las rodillas le temblaban, como si quisieran rebelarse a aquella fuerza infernal; las rodillas le temblaban, pero los pies no querían moverse; era como si dos manos poderosas los fijasen al pavimento.

Así, su Paulo pudo bajar silenciosamente la escalera, abrir la puerta y marcharse: el viento pareció llevárselo de golpe.

Solo entonces ella consiguió levantarse y encender de nuevo la vela; pero incluso esto lo hizo con dificultad, porque los fósforos dejaban largas estrías de luz violeta en la pared contra la que los frotaba, pero no se encendían.

Finalmente, el pequeño candil de latón difundió un velo de luz por la desnuda y pobre habitación, parecida a la de una criada;

y ella abrió la puerta y se asomó, escuchando. Temblaba; y, sin embargo, se movía maquinalmente, dura, leñosa, con su cabeza grande sobre su cuerpo bajo y fuerte, que, vestido con una tela descolorida, parecía recortado, a golpes de hacha, de un tronco de roble.

Desde la puerta de su habitación veía la escalera de pizarra, empinada entre las paredes blancas; y, en el fondo, la puerta que el viento hacía estremecer sobre sus goznes. Vio las barras quitadas por Paulo, apoyadas en la pared, y le asaltó un impulso de ira.

No; querría derrotar al demonio. Dejó el candil en lo alto de la escalera, bajó y salió también.

El viento la embistió con violencia, hinchándole el pañuelo y los vestidos; parecía que quería obligarla a volver. Ella se ató fuertemente el pañuelo por debajo de la barbilla; y siguió andando, con la cabeza baja, como para arremeter con ella contra el obstáculo. Así pasó a ras de la fachada de la parroquia, del muro del huerto y de la fachada de la iglesia. Al llegar a la esquina de esta, se detuvo. Paulo había doblado y atravesaba casi volando, como un gran pájaro negro, con la sotana al aire, el prado que se extendía delante de una casa antigua, adosada casi al ribazo que cerraba el horizonte sobre el pueblo.

El resplandor, a veces azul y a veces amarillo, de la luna, arrastrado por grandes nubes que pasaban fugaces, iluminaba el prado herboso, la plazuela de tierra apisonada delante de la iglesia y de la parroquia, y dos hileras de casuchas que serpenteaban a ambos lados de una calle en cuesta que iba a perderse entre las matas del valle. Y en medio de este se veía, como otra calle gris y tortuosa, el río, que, a su vez, iba a confundirse con los ríos y los caminos del fantástico paisaje que las nubes, empujadas por el viento, componían y descomponían de cuando en cuando en el horizonte, en la desembocadura del valle.

En el pueblecito ya no se veía ni una luz, ni un hilo de humo. Dormían las pobres casucas encaramadas como dos hileras de ovejas por la ladera herbosa, a la sombra de la iglesia, que, con su débil campanario, resguardado a su vez bajo el ribazo, parecía el pastor apoyado en su cayada.

Los alisos, alineados delante del parapeto de la plaza de la iglesia, se agitaban furiosos bajo el viento, negros y alterados como monstruos. A su susurro respondía el lamento de los chopos y de los cañaverales del valle; y la angustia agitada de la madre que perseguía a su hijo se confundía con todo aquel dolor nocturno, con el jadeo del viento y el naufragio de la luna entre las nubes.

Hasta aquel momento, ella se había engañado con la esperanza de verle bajar al pueblo para visitar a algún enfermo. En cambio, su hijo corría, como llevado por el diablo, hacia la antigua casa bajo el ribazo.

Y en la antigua casa bajo el ribazo solo vivía una mujer sana, joven y sola...

Y he aquí que, en lugar de dirigirse hacia la puerta como un simple visitante, iba rectamente hacia el portillo del huerto, y este se abría y cerraba detrás de él, como un boca negra que lo migara.

Entonces también ella se lanzó a través del prado, como si siguiera entre la hierba el surco que había dejado su hijo, hasta el portillo, contra el que apoyó sus manos abiertas empujando con toda su fuerza.

El portillo no cedió; al contrario, tenía como una fuerza de repulsión. Y la mujer sintió deseos de golpearlo, de gritar. Miró hacia arriba y palpó la pared, como si quisiera probar su resistencia. Al fin, desesperada, aguzó el oído; pero solo se oía el susurro estridente de los árboles del huerto, que, amigos y cómplices también ellos de su dueña, parecían querer cubrir con el suyo cualquier otro ruido.

La madre, sin embargo, quería vencerla, quería escuchar, saber... O, mejor, ya que en el fondo del alma sabía la verdad, quería engañarse una vez más.

Sin procurar ya esconderse, anduvo a lo largo de la pared del huerto, a lo largo de la fachada de la casa y más allá todavía, hasta la puerta del patio. Palpaba las piedras, como si buscara una que cediera, que dejase un agujero para entrar.

Todo era sólido, compacto, cerrado: el portal, la puerta, las ventanas enrejadas, parecían las aberturas de una fortaleza.

La luna, en aquel momento clara en un lago azul, iluminaba la fachada rojiza sobre la que caía la sombra del tejado sobresaliente cubierto de hierbas. Los vidrios de las ventanas, sin persianas, pero con los postigos cerrados por dentro, brillaban como espejos verdosos reflejando las nubes, los claros del cielo y los árboles del ribazo en movimiento.

Volvió atrás, rozando con la cabeza las anillas de hierro clavadas en la pared para atar en ellas los caballos; se detuvo de nuevo delante de la puerta, y, de repente, ante aquella puerta elevada sobre tres escalones de granito, resguardada bajo un arco gótico y guarnecida de hierro, se sintió humillada, incapaz de vencer, más pequeña que, cuando niña, se entretenía allí abajo, con los demás muchachos pobres del pueblo, en espera de que el dueño saliera y les arrojara algunos céntimos.

A veces, en aquellos tiempos lejanos, la puerta se había abierto dejando ver un zaguán oscuro con el suelo de piedra, con asientos también de piedra. Los muchachos avanzaban hasta el umbral, gritando, y su voz resonaba en el interior de la casa, como en una gruta. Una criada se asomaba para echarlos.

– ¡Cómo! ¿También estás tú ahí, Maria Maddalena? ¿No te da vergüenza ir con los granujillas, tan grande como eres?

Y ella se apartaba, intimidada, sin dejar de volverse para mirar con curiosidad al interior de la misteriosa casa. Y así se apartaba ahora, oprimiéndose las manos, desesperada, y volviéndose para mirar el portillo que se había tragado a su Paulo, corno si fuera una trampa. Pero a medida que rehacía sus pasos y regresaba hacia su casa, se arrepentía de no haber gritado, de no haber tirado piedras contra la puerta para obligarla a abrir e intentar llevarse a su hijo. Se arrepentía, se paraba, volvía a andar, retrocedía, traída y llevada por una incertidumbre angustiosa, hasta que el instinto de recogerse, de reunir mejor sus fuerzas antes del combate decisivo, la apremió a dirigirse hacia su casa, como una bestia herida hacia su cubil.

En cuanto estuvo dentro, cerró la puerta y se dejó caer sentada en la escalera.

Desde arriba caía el resplandor trémulo del candil; y todo, en el interior de la casita, hasta entonces quieta y tranquila como un nido en las rocas, parecía oscilar: la roca estaba conmovida hasta sus cimientos; el nido estaba a punto de caer.

El viento, fuera, silbaba con más fuerza; el diablo limaba la casa del párroco, la iglesia, todo el mundo de los cristianos.

– ¡Señor, Señor! – gimió la madre, y su voz le pareció la de otra mujer.

Entonces contempló su sombra en la pared de la escalera, y le hizo una seña con la cabeza. Sí, le parecía que no estaba sola, y comenzó a hablar consigo misma, como si realmente otra persona le oyera y contestara.

– ¿Qué hacer para salvarle?

– Esperarlo aquí hasta que vuelva, y hablarle claro y con fuerza, en seguida, mientras todavía estés a tiempo, Maria Maddalena.

– Se enfadará. Negará. Es mejor ir a ver al obispo y pedirle que nos saque de este sitio de perdición. El obispo es un hombre de Dios v conoce el mundo. Me arrodillaré a sus pies; me parece estar viéndolo, vestido de blanco, en su salón rojo, con la cruz de oro resplandeciente sobre el pecho y los dos dedos levantados para bendecir. Parece Jesús en persona. Le diré: «Su Excelencia, usted sabe que la parroquia de Aar, además de ser la más pobre del reino, está maldita. Durante casi cien años ha estado sin párroco, y los habitantes se habían olvidado de Dios. Finalmente, fue un párroco; pero su excelencia sabe qué clase de hombre fue aquél. Bueno y santo hasta los cincuenta años: reedificó la parroquia y la iglesia, hizo construir un puente sobre el río, a su costa; iba a cazar y hacía vida común con los pastores y los cazadores. De repente, cambió. Se tornó malo como el diablo. Hacía brujerías. Comenzó a beber, y se volvió mandón y pendenciero. Fumaba en pipa, blasfemaba y se sentaba en el suelo a jugar a las cartas con los peores sinvergüenzas del pueblo, que por eso le querían y le protegían, mientras que los demás le respetaban precisamente por eso. Luego, durante los últimos años, se encerró en casa, solo, sin ni siquiera una criada. No salía más que para celebrar la misa; pero la celebraba antes del aurora y nadie asistía. Y dicen que la celebraba borracho. Sus feligreses no se atrevían a acusarle, por miedo y porque se decía que estaba protegido por el diablo en persona; y cuando se puso enfermo, ninguna mujer quiso ir a cuidarle; ni mujeres ni tampoco hombres de bien fueron a cuidarle durante sus últimos días. Y, sin embargo, por la noche se veían iluminadas todas las ventanas de la casa, y se dice que durante esas noches el diablo excavó un pasaje subterráneo, de aquí al río, para llevarse incluso los despojos mortales del cura. Y por este pasaje, años después, el espíritu del párroco regresaba, una vez muerto este, e imperaba todavía en la casa, donde ningún otro sacerdote quería venir a vivir. Todos los domingos, un cura de otro pueblo venía a celebrar la misa y a enterrar a los muertos; pero una noche, el espíritu del párroco muerto hizo hundirse el puente. Durante diez años la parroquia estuvo sin cura, hasta que llegó mi Paulo. Y yo con él. Encontramos al pueblo y a sus habitantes embrutecidos, sin fe; mas después de la llegada de mi Paulo, todo volvió a florecer, como la tierra al llegar la primavera. Pero los supersticiosos tenían razón: "La desgracia caerá sobre el nuevo párroco, porque el espíritu del otro reina todavía en la parroquia". Algunos dicen que ni siquiera está muerto, que vive aquí en una habitación subterránea que comunica con el río. Yo, la verdad, nunca he creído en estas cosas, ni nunca he oído ruidos. Hace siete años que estoy aquí, con mi Paulo, como en un pequeño convento. Hasta hace algún tiempo, Paulo era todavía como un niño inocente: estudiaba, rezaba y vivía para el bien de sus feligreses. Algunas veces tocaba además la flauta. No tenía el carácter alegre; pero estaba sereno. Siete años de paz y de abundancia, como los de la Biblia. Y mi Paulo no bebía, no iba a cazar, no fumaba, no miraba a ninguna mujer. Todo el dinero que podía ahorrar lo utilizaba para reconstruir el puente. Ahora mi Paulo tiene veintiocho años y la maldición ha caído sobre él. Una mujer le coge en sus redes. ¡Monseñor obispo! ¡Sáquenos de aquí, salve a mi Paulo! Si no, perderá el alma, como el antiguo párroco. Además, es preciso salvar también a la mujer. Es una mujer sola, después de todo, expuesta también a las tentaciones en la soledad de su casa, en la desolación de este pueblecito, donde no hay persona digna de hacerle compañía. Monseñor obispo, su Excelencia conoce a esta mujer: le ha albergado a usted y a todo su séquito cuando ha venido en visita pastoral. ¡Hay cosas y sitio sobrado en aquella casa! Y la mujer es rica, independiente y vive sola, ¡demasiado sola! Tiene hermanos y una hermana, pero todos lejos, casados en otros pueblos. Ella se ha quedado sola aquí, vigilando la casa y el patrimonio; y apenas sale. Mi Paulo ni siquiera la conocía hasta hace poco tiempo. El padre de esa mujer era un hombre un poco extravagante, mitad señor, mitad campesino, cazador y hereje. Baste con decir que era amigo del antiguo párroco. Nunca iba a la iglesia; pero durante su última enfermedad mandó llamar a mi Paulo, y mi Paulo le asistió hasta su muerte y le hizo un funeral como nunca se había visto otro por estos lugares. Ni una persona del pueblo faltó, ni siquiera los niños de pecho en brazos de sus madres. Luego, mi Paulo siguió visitando a la única superviviente de la casa. Y esta huérfana vive sola, con malas criadas. ¿Quién la guía, quién la aconseja? ¿Quién la ayudará, si no la ayudamos nosotros?».

Pero la otra le preguntó: – ¿Estás segura, Maria Maddalena? ¿Estás verdaderamente segura de lo que piensas? ¿Puedes realmente presentarte al obispo y hablar así de tu hijo y de la otra persona, con las pruebas en la mano? ¿Y si nada es verdad?

– ¡Señor, Señor!

Ocultó la cara entre las manos, y en seguida vio a su Paulo y a la mujer en una habitación de la planta baja de la antigua casa, una habitación amplia, que daba al huerto, con el techo abovedado y el suelo de cemento sembrado de guijarros de mar. Una gran chimenea se abría en una pared, con los asientos a ambos lados, y delante había un canapé antiguo. Las paredes, blanqueadas con cal, estaban adornadas con armas, con cabezas de ciervos con su cornamenta, con cuadros de tela negra que caían a jirones y en los que solo se veía, a veces, flotando en la sombra, alguna mano de color terroso, algún escorzo de cara, una trenza de mujer o alguna fruta.

Paulo y la mujer estaban sentados delante del fuego y se oprimían la mano...

– ¡Señor! – repitió la madre, gimiendo.

Y para rehuir aquella visión diabólica, evocó otra. Y he aquí que aquella misma habitación se iluminaba con una luz verdosa, que penetra por la ventana enrejada, abierta sobre el prado; y por la puerta, a través de la cual brilla el follaje del huerto, húmedo todavía por el rocío otoñal, pasa una corriente de aire que mueve algunas hojitas secas en el suelo y hace oscilar las cadenas de la antigua lámpara de latón colocada sobre la chimenea.

Por una puerta entreabierta se ven algunas habitaciones un poco oscuras, con las ventanas cerradas.

Ella está allí, esperando, con una cesta de fruta que su Paulo manda a la dueña de la casa. Y la dueña viene, casi corriendo, pero un poco desconfiada; viene de las habitaciones oscuras, vestida de negro, con su pálido rostro oprimido entre dos conchas de trenzas negras; y sus manos, blancas y descarnadas, emergen de la sombra, como las de las figuras de los cuadros de alrededor.

Y también cuando aparece entera, a la luz de la habitación, su cuerpo, pequeño y delgado, tiene algo de huidizo, de sospechoso. Sus grandes ojos, oscuros, miran en seguida el cestillo de la fruta depositada en la mesa; luego envuelven con una mirada profunda a la mujer que está esperando, y una sonrisa rápida, que es de alegría, pero también de escarnio, ilumina su boca triste y sensual.

Y la primera duda de la madre, ella todavía no sabe por qué, nace en aquel momento.

Ella no sabía todavía por qué; pero recordaba la solicitud con que la muchacha la había acogido, haciéndola sentarse a su lado y preguntándole noticias de Paulo. Le llamaba Paulo, como a un hermano; pero la trataba a ella, no ya como a una madre común, sino casi como a una rival a la que había que ablandar y adormecer. Hizo que le sirvieran café en una tacita grande de plata, por una criada descalza que llevaba el rostro tapado como una mora. Le habló de sus hermanos lejanos y poderosos, complaciéndose, sin parecerlo, en aparecer entre ellos como entre dos columnas que sostenían el edificio de su vida solitaria. Por último, la llevó a ver el huerto desde la puerta de la habitación.

Entre el verde brillante de los árboles y de las parras, aparecían higos violáceos, cubiertos de un polvo plateado, y peras, y racimos de uva dorados. ¿Por qué, pues, Paulo había enviado su regalo de fruta a quien tenía tanta?

Todavía ahora, en la penumbra trémula de la escalera, la madre veía la mirada irónica y tierna que la muchacha le había dirigido al despedirla, y su modo de bajar los pesados párpados, como si no conociera otra manera de esconder los sentimientos que se transparentaban en sus pupilas.

Y aquellos ojos, aquella manera de revelarse con un impulso sincero, para luego esconder en seguida la propia alma, parecíanse extraordinariamente a los de Paulo; tanto, que durante los días siguientes, mientras la actitud de su hijo acrecía la sospecha y se convertía en terror, ella no pensaba con odio en la mujer que le inducía al pecado, sino que pensaba en la manera de salvarla también, como si se tratara de una propia hija.

Habían pasado el otoño y el invierno sin acontecimientos que confirmaran su sospecha; pero he aquí que vuelve la primavera, con el soplo de los vientos de marzo, y el diablo recomienza su obra.

Paulo salía de noche y se iba a la casa antigua.

– ¿Qué haré para salvarlos?

El viento respondía, desde fuera, como burlándose de ella, y empujaba la puerta.

Y ella recordaba que al ir al pueblo, con su Paulo recién nombrado párroco, después que ella había sido durante veinte años criada y había resistido a cualquier impulso de la vida, privándose del amor y del pan para criar bien a su pobre hijo y darle buen ejemplo, un viento furioso los había seguido durante el camino.

También entonces era primavera, pero todo el valle parecía presa, repentinamente, de la angustia invernal. Todas las hojas se retorcían, los árboles se doblaban y parecían que miraban asustados, a un lado y a otro, las nubes que subían, negras y brillantes, por todo el horizonte y arremetían unas contra otras, como ejércitos en batalla. Caían grandes granizos, que agujereaban, como balas, las hojas tiernas.

En un recodo del camino, donde este domina el valle y comienza a descender hacia el río, el viento había embestido con tal ímpetu a los viajeros, que los caballos se habían detenido, relinchando, con las orejas tiesas por el miedo. Y el viento sacudía sus riendas, como un bandido que los detuviera por el cuello para asaltar a los viajeros. Hasta Paulo, que, sin embargo, tenía aspecto de divertirse, gritaba con acento de vaga superstición;

– Parece realmente el espíritu endiablado del antiguo párroco que quiere hacernos retroceder.

El viento le robaba las palabras de la boca y las esparcía lejos, y él intentaba sonreír con ironía, con una media sonrisa que dejaba al descubierto solamente los dientes del lado izquierdo de la boca; pero su mirada era triste mientras contemplaba el pueblecillo, que aparecía como en un cuadro apoyado en la ladera verde, sobre la cinta agitada del río, a la sombra del ribazo cargado de nubes.

Pasado el río, el viento se calmó un poco. Todos los habitantes del pueblecillo, que esperaban al nuevo párroco como al Mesías, se habían congregado en la plaza de la iglesia.

Y he aquí que, de repente, los más jóvenes se reúnen y bajan al encuentro de los viajeros hasta la orilla del río.

Bajan como una bandada de aguiluchos de montaña: el aire está agitado por sus gritos.

Llegados junto a su párroco, le rodean, le llevan en triunfo, disparando de cuando en cuando sus escopetas en señal de alegría.

Todo el valle retumba con sus gritos y disparos; hasta el viento se aplaca y el mal tiempo cesa.

Incluso en aquella hora de angustia, la madre palpitaba de orgullo reviviendo aquella otra hora de triunfo. Le parecía aún que andaban como en sueños, que la transportaban aquellos jóvenes bullangueros, como si fueran una nube ardiente; y junto a ella, su Paulo, todavía tan niño, alrededor del cual todos aquellos hombres fuertes se arrodillaban, adquiría un aspecto casi divino.

Suben y suben. En el punto más alto del ribazo brillan hogueras de alegría; las llamas, sobre el fondo de las nubes negras, se agitan como banderas rojas; y el pueblecito gris, las laderas herbosas, y los tamariscos y los alisos, a lo largo del sendero, están iluminados por ellas.

Suben y suben. Sobre el parapeto de la plaza surge otro muro de cuerpos asomados, de cabezas ansiosas, en punta las de los hombres encapuchados, rodeadas de la franja revoloteante de los pañuelos las de las mujeres. Brillan los ojos de las niñas, felices por el espectáculo; y sobre el perfil del ribazo, las negras y delgadas figuras de los muchachos que atizan las hogueras parecen diablillos.

A través de la puerta, abierta de par en par, de la iglesia, se entreven, como flores de narcisos al viento, el temblor de las llamitas de los cirios. Las campanas tocan a rebato; y hasta las nubes, sobre el cielo de plata pálida, acumulándose alrededor del campanario, parece que se detengan para contemplar y esperar.

Un grito se levanta de la pequeña muchedumbre.

– ¡Ya está aquí! ¡Ya está aquí! Parece un santo.

Sin embargo, de los santos tenía tan solo el aspecto tranquilo: no hablaba, no contestaba a los saludos, ni siquiera parecía conmovido por aquella demostración popular; apretaba solamente los labios y bajaba los párpados enarcando las cejas, como si la frente le pesara. De repente, la madre, cuando estuvieron en medio de la multitud, vio que Paulo se inclinaba hacia un lado, como si estuviera a punto de caer; un hombre le sostuvo y él se incorporó en seguida y corrió hacia la iglesia, se arrodilló delante del altar mayor y entonó el rosario.

Las mujeres respondían llorando.

Aquel llanto de pobres mujeres, que era toda una expresión de amor, de esperanza, de deseo de un bien no terrenal, sentía la madre que le subía por las entrañas en aquella hora de angustia. ¡Su Paulo! ¡Su Paulo! Su amor, su esperanza, su deseo de un bien no terrenal, se los arrebataba el espíritu del mal; y ella estaba allí, inmóvil, al pie de la escalera, como en el fondo de un pozo, sin intentar salvarle.

Le pareció que se ahogaba. El corazón se le hinchó, duro como una piedra; le hacía daño. Se levantó para poder respirar mejor, subió las escaleras y cogió la luz; y, llevándola en alto, miró a su alrededor en su habitación desnuda, donde solamente la cama de madera y un armario carcomido se hacían compañía, como dos viejos amigos.

Su habitación era de criada. Ella nunca había pretendido cambiar de condición, contentándose con la riqueza que suponía para ella ser la madre de su Paulo.

Entró en la habitación de él, blanca, con la humilde cama virginal. Tiempos atrás, esta pequeña habitación estaba ordenada y era sencilla como la de una niña. Paulo amaba la quietud, el silencio, el orden, y tenía siempre flores en su mesa de trabajo, delante de la ventana. Sin embargo, desde hacía algún tiempo, ya no se cuidaba de nada; dejaba los cajones abiertos, los libros en las sillas, incluso en el suelo.

El agua con que se había lavado antes de salir, exhalaba un fuerte perfume a rosa. Una sotana estaba en el suelo, tendida, como una sombra: la sombra de Paulo caído.

Aquel olor, aquella sombra, sacudieron de nuevo de su humillación a la madre. Levantó con enfado la sotana caída, y sintió que tenía fuerzas suficientes para levantar también a él. Luego ordenó un poco la habitación, pisando fuerte, sin preocuparse ya de amortiguar el ruido de sus zapatos de campesina. Acercó a la mesa la silla de cuero donde él se sentaba para estudiar; y golpeó sus patas contra el suelo, como si le ordenara que se estuviera allí y le prometiera que Paulo volvería pronto a su sitio. Luego miró hacia el pequeño espejo colgado a la ventana...

En la casa de un sacerdote no están permitidos los espejos; el sacerdote debe vivir sin recordar que tiene un cuerpo. En esto, al menos, el antiguo párroco observaba la ley; y desde la calle se le veía afeitarse mirándose en el vidrio de la ventana abierta, detrás del cual ponía un trapo negro. Paulo, en cambio, se sentía atraído por el espejo, como una fuente donde se ve un rostro que sonríe, atrae y hace caer.

Y ella arrancó del clavo el pequeño espejo que reflejaba su rostro oscuro y enojado y sus ojos amenazadores. Poco a poco iba dominándole la ira. Abrió la ventana, dejando penetrar el viento para purificar el aire. Y los libros y los papeles de encima de la mesa parecieron animarse, revoloteando hasta los rincones más alejados de la habitación. La orla del cubrecama tembló, y la llamita del candil se dobló, temerosa.

Ella recogió los papeles y volvió a colocarlos sobre la mesa. Entonces vio una Biblia abierta, con una imagen coloreada que a ella le gustaba mucho; y se inclinó para mirarla mejor. Es Jesús pastor, con las ovejas que abrevan en la fuente, en medio del bosque. Por entre los troncos de los árboles, sobre el fondo azul del horizonte, se entrevé una ciudad roja, iluminada por el crepúsculo: una ciudad santa, la ciudad de la salvación.

Sí; en tiempos pasados, él velaba toda la noche estudiando. La ventana, delante de él, se abría sobre el ribazo florecido de estrellas. El ruiseñor cantaba para él.

Durante el primer año pasado en el pueblecito, él hablaba de irse, de volver al mundo; luego se había como adormecido, a la sombra del ribazo, entre el murmullo de los árboles; y habían pasado siete años así. La madre no le incitaba a moverse, porque eran muy felices allí abajo, en aquel pueblecito que a ella le parecía el más bello de la tierra, porque su Paulo era Cristo y rey.

Cerró otra vez la ventana y colgó de nuevo el espejo que reflejaba su rostro, ahora pálido, con los ojos velados por las lágrimas.

Una vez más se preguntó si no se engañaba. Antes de salir, se volvió hacia el crucifijo colgado en la pared delante de un reclinatorio, levantando el candil para verlo mejor; y en el movimiento que hicieron las sombras, le pareció que el Cristo descarnado, desnudo, colgado en la cruz, doblaba la cabeza para escuchar lo que ella quería decirle. Entonces cayeron gruesas lágrimas de sus ojos, por el rostro, sobre los vestidos, y le parecieron de sangre.

– Señor, sálvanos Tú. También a mí, también a mí. Tú, que estás pálido, sin sangre, con la cara bajo la corona de espinas, dulce como la rosa en la zarza; Tú, que estás por encima de nuestras pasiones, sálvanos a todos.

Y salió rápidamente. Bajó de nuevo la escalera, atravesó las habitaciones de la planta baja. Al improviso resplandor del candil, alguna mosca se despertaba zumbando alrededor de las aristas de los muebles.

Del pequeño comedor, contra cuyo ventanuco alto el viento y el rumor de los árboles del ribazo caían con un estrépito de lluvia, pasó a la cocina y se sentó ante la chimenea, donde el fuego estaba ya cubierto de cenizas.

También allá dentro todo temblaba a causa del viento que penetraba por las rendijas; y le parecía estar, no ya en aquella cocina larga y baja, con el techo oblicuo sostenido por una infinidad de vigas y de viguetas ennegrecidas por el humo, sino en una barca en medio del mar alterado.

Y aunque decidida a esperar el regreso del hijo y a empezar en seguida la lucha, intentaba aún engañarse.

Encontraba injusto que Dios le mandara un dolor así. Y de nuevo reconstruía su pobre pasado, hurgando en sus días para encontrar en ellos la semilla del presente mal. Y todos sus días estaban allí, en su regazo, duros y puros como las cuentas del rosario que sus dedos temblorosos palpaban.

Nada malo había hecho, a excepción de alguna vez con el pensamiento.

Volvía a verse cuando niña, huérfana, en casa de sus parientes pobres, en aquel mismo pueblecito, maltratada por todos: iba descalza, con grandes pesos sobre la cabeza, a lavar al río, a llevar el grano al molino. Un tío suyo, ya casi viejo, era criado ayudante del molinero; y cada vez que ella bajaba al molino, si nadie los veía, la perseguía hasta detrás de las zarzas y de las matas de tamarisco; y la besaba, pinchándole la cara con los pelos hirsutos de su barba y la llenaba toda de harina.

Cuando ella contó esto en casa, las tías no la dejaron volver al molino. Entonces, el hombre, que no iba nunca al pueblo, un domingo volvió a casa y dijo que quería casarse con la chica. Los otros parientes se reían, le daban empujones y le pasaban la escoba por la espalda para quitarle la harina. El les dejaba hacer, mirando a la muchacha con ojos brillantes. Y ella consintió en casarse con él, y siguió viviendo en casa de sus parientes; pero cada día bajaba al molino, y el marido, al que ella seguía llamando tío, le daba una medida pequeña de harina a escondidas del dueño.

Un día, mientras regresaba con la harina en el delantal, le pareció que dentro se movía algo. Dejó caer, espantada, los extremos del delantal y toda la harina se esparció a sus pies; entonces se dejó caer sentada en el suelo, con una sensación de vértigo. Le parecía que había un terremoto; todo se derrumbaba a su alrededor: las casitas del pueblo caían y las piedras rodaban hasta el sendero. También ella se revolcó en la hierba blanca de harina; luego se levantó y se puso a correr riendo, pero todavía un poco asustada: se daba cuenta de que estaba encinta.

Pronto se había quedado viuda, con su Paulo que aún no hablaba, pero con unos ojos luminosos que parecían querer volar; y había llorado al marido como a un buen pariente, no como a un esposo, consolándose pronto, porque una prima le proponía ir con ella a hacer de criada a la ciudad.

– Así podrás mantener a tu hijo, y, más tarde, llevártelo y enviarlo a la escuela.

Y así lo había hecho, viviendo y trabajando solo para él.

Las ocasiones de pecar, o por lo menos de procurarse alguna distracción, no le habían faltado, ni tampoco las ganas. El dueño y el criado, el campesino y el ciudadano, ¿quién no la había, más o menos, perseguido, como el tío entre los tamariscos? El hombre es cazador, y la mujer, presa; y, sin embargo, ella conseguía rehuir las asechanzas y se conservaba pura porque se consideraba ya la madre de un sacerdote. ¿Por qué, pues, este castigo ahora, Señor?

Agachó la cabeza cansada, mientras le caían aún algunas lágrimas desde el rostro hasta el regazo, donde se mezclaron con las cuentas del rosario.

Las ideas se le confundían. Le parecía estar todavía en la gran cocina, oleosa y caliente, del Seminario, del que había sido criada durante diez años, y donde precisamente había conseguido hacer aceptar a su Paulo. Figuras oscuras se deslizaban silenciosas por las paredes amarillentas; y en el pasillo contiguo se oían las carcajadas contenidas y los puñetazos que los seminaristas se propinaban a escondidas. Ella estaba sentada, muerta de cansancio, junto a la ventana que daba a un patio oscuro y tenía un estropajo en las rodillas; pero no podía ni siquiera mover los dedos, de lo cansada que estaba.

Y hasta soñando le parecía esperar a Paulo, que había salido, a escondidas, del Seminario, sin haberle dicho adonde iba.

"Si se dan cuenta le echan en seguida" pensaba; y esperaba con ansia que los ruidos de alrededor cesaran para conseguir que entrara sin ser visto.

De repente, se despertó. Miró a su alrededor y volvió a ver la cocina de la casa, estrecha y larga, batida por el viento como una barca; pero la impresión del breve sueño había sido tan fuerte, que le pareció que tenía aún en las rodillas el estropajo y que oía las carcajadas contenidas y los puñetazos que los seminaristas se propinaban en el corredor.

Un momento después la realidad se apoderó nuevamente de ella; le pareció que Paulo había regresado ya, durante su breve sueño, consiguiendo rehuir su atención.

En efecto, entre los temblores y los crujidos producidos por el viento, se oían pasos en el interior de la casa: alguien andaba, bajaba la escalera, atravesaba las habitaciones de la planta baja y entraba en la cocina.

Ella tuvo la impresión de que seguía soñando. Un cura pequeño y gordo, con la cara ennegrecida por una barba sin afeitar desde hacía varios días, estaba delante de ella y le miraba sonriendo. Tenía la boca casi sin dientes, y los pocos que conservaba eran negros a consecuencia de fumar demasiado. Los ojos claros querían ser amenazadores, pero parecía que lo hicieran para reír. Ella le reconoció en seguida: era el antiguo párroco. Y, sin embargo, no experimentó ningún terror.

"Es solo un sueño" pensó. En el fondo, sin embargo le parecía que lo pensaba para animarse, y que la aparición era real.

– Siéntese – dijo, apartando su escabel para dejarle sitio delante de la chimenea.

Y él se sentó, levantándose un poco la sotana y dejando al descubierto sus calcetines azules, descoloridos y agujereados.

– Ya que estás aquí sin hacer nada, podrías zurcirme los calcetines, Maria Maddalena; ninguna mujer ha vuelto a cuidarse de mí – dijo con simplicidad.

Y ella pensaba: "¿Y este es el terrible párroco? Se ve realmente que estoy soñando".

E intentó tomarle el pelo.

– Si está usted muerto, ¿qué necesidad tiene de calcetines?

– ¿Quién te asegura que estoy muerto? En cambio, estoy bien vivo, y me encuentro aquí. Y pronto echaré a tu hijo y a ti con él, de mi parroquia. Peor para vuestras entrañas si habéis querido venir a vivir aquí; era mejor que le hubieras hecho seguir el oficio del padre. Pero tú eres una mujer ambiciosa: has querido volver de dueña adonde has sido criada. Ahora te darás cuenta de lo que ganas.

– Nosotros nos iremos – dijo ella, humilde y dolorida. – Este es mi deseo. Hombre vivo, fantasma o lo que seas, ten paciencia durante algunos días: nos iremos.

– ¿Y adónde quieres ir? Aquí o en otra parte es lo mismo. Escucha mejor a uno que entiende de eso: deja que ahora tu Paulo siga su destino. Déjale conocer a la mujer; si no, le sucederá lo mismo que me ha sucedido a mí. Mientras he sido joven no he querido ni mujeres ni otros placeres. También yo quería ganar el Paraíso; y no me daba cuenta de que el Paraíso está en la tierra. Cuando me di cuenta era demasiado tarde; mi brazo ya no alcanzaba a coger los frutos del árbol, y mis rodillas no se doblaban para que pudiera saciar mi sed en la fuente. Entonces he empezado a beber vino, a fumar en pipa, a jugar a las cartas con esos chicos. Malas cabezas les llamabais vosotros: buenos muchachos que gozan de la vida como pueden. Su compañía beneficia: da un poco de calor y de alegría, como la de los muchachos en vacaciones. solo que ellos están siempre en vacaciones, y por eso son también los muchachos más alegres y despreocupados, porque no están preocupados por tener que volver a la escuela.

Mientras él hablaba así, la madre pensaba: "Habla de esta manera porque quiere convencerme de que deje condenar a mi Paulo. Le ha enviado su amigo y señor, el Diablo; tengo que estar en guardia".

Y, sin embargo, aun sin quererlo, le escuchaba gustosa, y casi le daba la razón. Pensaba que, a pesar de sus esfuerzos, también su Paulo podía perderse, empezar también él "sus vacaciones"; y su corazón de madre iba ya buscando excusas para él.

– Usted puede tener razón – dijo, cada vez más humilde y dolorida, pero fingiendo un poco; – yo soy una pobre mujer ignorante y no sé nada. Pero sí sé una cosa: que Dios nos ha puesto en el mundo para sufrir.

– Dios nos ha puesto en el mundo para gozar, nos hace sufrir para castigarnos por no haber sabido gozar, esto sí, mujer tonta. Dios ha creado el mundo con todas sus bellezas y luego se lo ha regalado al hombre para que gozara de él; peor para quien no lo comprende así. Por otra parte, no me importa convencerte, como tú piensas. Me importa echaros lejos de aquí, a ti y a tu Paulo. Peor para vosotros si habéis querido venir a vivir aquí.

– Nos iremos, no lo dude; nos iremos pronto. Eso se lo puedo prometer: no pienso en otra cosa.

– Hablas así porque me tienes miedo. Pero haces mal al tener miedo. Crees que he sido yo quien te ha inmovilizado los pies y ha impedido que los fósforos se encendieran; y puede ser que haya sido yo, pero eso no es prueba de que quiera haceros daño a tu Paulo y a ti. solo deseo que os vayáis; pero fíjate, si no mantienes tu palabra, te arrepentirás. Entonces nos volveremos a ver y te acordarás de nuestra conversación. Mientras tanto, te dejo los calcetines para que me los zurzas.

– Está bien: se los zurciré.

– Cierra los ojos entonces, porque no quiero que me veas las piernas desnudas. ¡Ja, ja! – se rió, quitándose el zapato de un pie con la punta del otro e inclinándose luego para quitarse los calcetines. – Ninguna mujer me ha visto nunca la carne, por mucho que me hayan calumniado; y tú eres demasiado vieja y fea para ser la primera. Aquí tienes un calcetín, y aquí el otro: volveré pronto a buscarlos...

Ella abrió de nuevo otra vez los ojos y se estremeció. Estaba otra vez sola en la cocina, rodeada por el murmullo del viento.

– ¡Qué sueños, Dios mío! – murmuró suspirando.

Y, sin embargo, se agachó para buscar los calcetines, mientras le parecía oír las pisadas del fantasma que se iba, sin salir, no obstante, por la puerta.

Cuando volvió a encontrarse en el prado, después de haber dejado a la mujer, Paulo tuvo también la sensación de que el viento tenía algo de vivo, de ambiguo: le empujaba y le traía, produciéndole una sensación de frío, después del sueño ardiente, y al mismo tiempo le pegaba los vestidos contra el cuerpo, y bajo aquel contacto, Paulo recordaba con un estremecimiento a la mujer pegada a él en el abrazo amoroso.

En la esquina de la iglesia, el ímpetu del viento fue tan fuerte, que Paulo tuvo que detenerse durante unos instantes, con la cabeza baja, sosteniéndose con una mano el sombrero y con la otra la sotana. Le faltaba la respiración, y experimentó una sensación de vértigo, como su madre en la ladera del valle cuando se había dado cuenta de que estaba encinta.

También él experimentaba — y era una sensación de desagrado y de embriaguez, al mismo tiempo — que dentro de él, en aquel momento, nacía algo terrible y grande; advertía, por primera vez con plena conciencia, que quería a aquella mujer con amor carnal y que se complacía en este amor.

Hasta hacía pocas horas se había engañado, diciéndose a sí mismo y a ella que la quería solo espiritualmente. No obstante, reconocía que ella había sido la primera en mirarle. Desde su primer encuentro, los ojos de ella habían buscado los suyos, con una mirada que imploraba ayuda y amor.

Y, poco a poco, él se había dejado llevar por aquella mirada, se había acercado a la mujer con una sensación de piedad: la soledad que los oprimía los arrojaba al uno contra el otro.

Y después de los ojos, se habían buscado y apretado las manos, y aquella noche se habían besado. Y he aquí que la sangre de él, quieta desde hacía tantos años, se inflamaba como un líquido ardiente: la carne cedía, vencida y victoriosa, al mismo tiempo.

Y la mujer le había propuesto huir del pueblo, vivir y morir unidos. En su embriaguez, él había aceptado la proposición; tenían que volverse a ver la noche siguiente para planearlo todo mejor.

Ahora, la realidad del mundo exterior y aquel viento, que parecía querer desnudarle, le arrebataban el velo del engaño.

Se detuvo, jadeando, delante de la puerta de la iglesia. Se sentía totalmente helado. Le pareció que se encontraba desnudo sobre el pueblecito y que todos sus pobres feligreses, en su sueño afanoso, tenían que verle así; desnudo, ennegrecido por el pecado.

Y, a pesar de todo, pensaba en la mejor manera de huir con la mujer. Ella le había dicho que tenía mucho dinero...

Sintió el deseo de regresar en seguida para disuadirla, e incluso dio algunos pasos, a ras de la pared, por donde había pasado poco antes la madre. Luego retrocedió, perdido, cayó de rodillas delante de la puerta de la iglesia y apoyó en ella su frente, gimiendo: — ¡Dios mío, sálvame!

Sentía revolotear a su espalda el ala negra de su manteo, y durante unos momentos permaneció así, como un cuervo vivo clavado en la puerta.

Toda su alma se debatía salvajemente, con un jadeo más impetuoso que el del viento en la meseta: una lucha suprema entre el instinto ciego de la carne y la imposición del espíritu.

Luego se levantó, sin saber todavía bien cuál de los dos había vencido. No obstante, se notaba más consciente ya, y se juzgaba. Se dijo que más que el terror y el amor de Dios, que el deseo de la elevación y la repugnancia del pecado, le aterraba el miedo a las consecuencias de un escándalo.

Y al darse cuenta de todo, este su despiadado juicio de sí mismo le animaba, le prometía la salvación. Pero, en el fondo, sabía que estaba ya atado a la mujer, como a la misma vida: la llevaba con él, a su casa, a su cama, y hubiera dormido con ella, envuelto en la red inextricable de sus largos cabellos.

Y bajo su aparente dolor, en el fondo de su ser, sentía todo un tumulto de alegría, que ardía como un fuego subterráneo.

Pero, en cuanto hubo abierto la puerta, le hirió la franja de luz que salía de la cocina y atravesaba el pequeño comedor y el zaguán. Luego vio a su madre, sentada, como en un velatorio, delante del fuego apagado, y con una sensación de angustia, que ya no le abandonó, comprendió en seguida toda la verdad.

Atravesó las habitaciones siguiendo aquel sendero de luz, tropezó con el escalón de la cocina y llegó hasta el hogar, con las manos extendidas hacia delante, como para salvarle de la caída.

– Y ¿por qué está todavía levantada? – le preguntó, bruscamente.

La madre se volvió, con la cara señalada aún por la máscara del sueño, palidísima. No obstante, estaba firme, quieta, casi dura; sus ojos buscaban los ojos del hijo, mientras él rehuía aquella mirada.

– Te esperaba, Paulo. ¿Dónde has estado?

El presentía que cualquier palabra que no hubiese sido la verdad sería entre ellos una comedia inútil, y, a pesar de ello, era preciso mentir.

– En casa de una enferma – repuso en seguida.

Su voz fuerte pareció, por un instante, disipar el mal sueño. Por un instante la madre se iluminó de alegría; luego, la sombra volvió a caer sobre su rostro, sobre su corazón.

– Paulo – dijo, despacio, bajando los ojos con una sensación de vergüenza, pero sin titubear más, – acércate, tengo que hablarte.

Y, aunque él no se acercaba, prosiguió en voz baja, como si le hablara al oído: – Yo sé dónde has estado. Hace varias noches que te oigo salir. Y esta noche te he seguido y he visto dónde entrabas. Paulo, piensa en lo que haces.

El callaba, parecía que no la hubiera oído. La madre volvió a levantar los ojos: le vio, alto, encima de ella, con una palidez mortal, inmóvil sobre su sombra contra el muro, como Cristo en la cruz.

Y hubiera querido que él le gritara, protestando de su inocencia.

Él, en cambio, volvió a pensar en el grito de su alma delante de la puerta de la iglesia, y he aquí que Dios le había oído y le enviaba a su encuentro a su propia madre para salvarle. Deseó inclinarse, caer en su regazo, rogarle que se le llevara en seguida así, otra vez, del pueblecito, y al mismo tiempo sentía que la barbilla le temblaba de humillación y de rabia: humillación, al ver su debilidad descubierta; rabia, por haber sido vigilado y espiado. Y, no obstante, sufría también por el dolor que procuraba a su madre.

Pensó inmediatamente que no solo era preciso salvarse, sino salvar también las apariencias.

– Mamá – dijo, acercándose a ella y poniéndole una mano en la cabeza, – le digo que he estado en casa de una enferma.

– No hay enfermos en aquella casa.

– No todos los enfermos están en la cama.

– Entonces, tú estás más enfermo que aquella mujer que vas a asistir, y es preciso que te cure. Paulo, yo soy una mujer ignorante, pero soy tu madre, y te digo que el pecado es una enfermedad peor que cualquier otra, porque ataca al alma. Además – añadió, cogiéndole de la mano y atrayéndolo hacia sí, para que él se inclinara y le escuchara mejor – no eres tú solamente quien tiene que salvarse, hijo de Dios… Piensa que no debes perder su alma… ni tampoco acarrearle ningún daño en esta vida.

El se había inclinado un poco; pero se enderezó pronto, como una vara de acero: su madre le había herido en el corazón. Sí; era verdad. Durante toda aquella hora de inquietud, después de haber dejado a la mujer, solo había pensado en él.

Intentó retirar la mano de entre las duras y frías de su madre; pero sintió que ella se la apretaba de manera irresistible, y tuvo la impresión de que estaba atado, detenido, condenado a la cárcel.

Nuevamente pensó en Dios. Era Dios quien le ataba; precisaba dejarse conducir, pero experimentaba también la irritación y la desesperación del detenido culpable, que se da cuenta de que no hay escape.

– Déjeme, – dijo, ásperamente, retirando a viva fuerza la mano, – ya no soy un niño, y veo por mí mismo mi bien y mi mal.

Entonces, la madre sintió que se helaba, le pareció que él le había confesado su error.

– No, Paulo; tú no ves tu mal. Si lo vieras, no hablarías así.

– Y ¿cómo tendría que hablar?

– No tendrías que gritar y decirme que no hay nada malo entre tú y esa mujer. En cambio, esto no me lo dices, porque, en conciencia, no puedes decirlo, y entonces es mejor que no hables. No hables, no te lo pido; pero piensa bien en lo que haces, Paulo...

Paulo, en efecto, callaba, apartándose lentamente. Al llegar a la mitad de la cocina, se detuvo, esperando que ella prosiguiera.

– Paulo, no tengo más que decirte, y no quiero decirte nada más. Pero hablaré de ti con Dios.

Entonces, él saltó de nuevo a su lado. Parecía que quisiera pegarle: sus ojos brillaban.

– ¡Basta! – gritó. – Mejor sería que no hablara más de esto, ni conmigo ni con nadie. Guárdese sus fantasías.

Ella se levantó, dura, fría, le aferró por un brazo y le obligó a mirarla a los ojos; luego le dejó y volvió a sentarse, con las manos entrelazadas en el regazo y los pulgares que se oprimían y se daban fuerza el uno al otro.

El hizo ademán de marcharse; luego lo pensó mejor, y se puso a pasear por la cocina. El rumor del viento acompañaba el susurro de su vestimenta, y era un susurro como de vestidos de mujer, porque Paulo se había mandado hacer una sotana de seda y un manto de tela finísima.

Y en aquel momento de incertidumbre, mientras tenía la impresión de que estaba sumido en un torbellino, también aquel susurro le hablaba, le decía que su vida era ya un remolino de errores, de ligerezas, de cosas viles. Todo le hablaba: desde fuera, el viento, que le recordaba la larga soledad de su juventud; y dentro, la triste figura de su madre, el crujido de sus pasos, hasta su propia sombra.

Y, paseando, quería pisar su sombra, quería vencerse. Pensó, con orgullo, que no hacía falta ninguna ayuda sobrenatural, como él había invocado, para salvarse; pero en seguida sintió horror de este orgullo.

– Levántate y vete a la cama – dijo a su madre, volviendo a su lado.

Y como la vio inmóvil, con la cabeza gacha, como dormida, se inclinó para verla mejor, y se dio cuenta de que lloraba en silencio.

– ¡Mamá!

– No – dijo ella, sin moverse; – no volveré a hablar nunca más contigo, ni con nadie, de esto. Pero no me moveré de aquí, si no es para irme de la parroquia y del pueblo, para no volver nunca más, si tú no me juras que no pondrás los pies en aquella casa.

El se incorporó, presa otra vez de una sensación de vértigo. Nuevamente la superstición le venció, le sugirió que prometiera cuanto la madre le pedía, ya que era Dios mismo quien se lo pedía a través de ella. Al mismo tiempo, un flujo de amargas palabras le subía a los labios: sintió ganas de gritar, de reprochar a la madre el habérselo llevado del pueblo para encaminarle por una senda que no era la suya. Pero ¿de qué serviría? Ella ni siquiera le hubiera atendido. ¡Vamos, vamos! Con la mano hizo un gesto como para espantar de delante de él las sombras que pasaban; luego, de repente, tendió esta mano por encima de la cabeza de la madre, y le pareció que sus dedos, un poco abiertos, se prolongaban en rayos luminosos.

– Madre, le juro que no volveré más a aquella casa.

Y en seguida se alejó, con la impresión de que todo estaba acabado. Estaba salvado. Y, sin embargo, al atravesar la habitación contigua, oyó que su madre sollozaba fuertemente, como si llorara a un muerto.

Una vez hubo entrado en su habitación, el perfume a rosa y el aspecto de todas sus cosas, que estaban como impregnadas y coloreadas por su pasión, le aturdieron de nuevo. Vagó un poco; sin saber por qué, abrió la ventana, sumergió su cabeza en el viento, y le pareció que era una de las mil hojas del ribazo, tendidas al aire, ya en el gris de la sombra, ya en la luz radiante de la luna, en manos del viento y del juego de las nubes. Finalmente, se incorporó, cerró y dijo en voz alta: – Hay que ser hombre.

Y se atiesó, y le pareció que era duro y frío, y que estaba cubierto por una coraza de orgullo. No quería volver a sentir su carne, ni el dolor ni la alegría del sacrificio, ni la tristeza de su soledad; no quería tampoco presentarse a Dios para recibir la palabra de aprobación que se da al criado voluntarioso: no quería nada de nadie. solo seguir rectamente, solo, sin esperanza. Y, sin embargo, tenía miedo de meterse en la cama y apagar la luz. Se puso a leer las Epístolas de San Pablo a los Corintios; pero las palabras se agrandaban ante él o corrían a lo largo de las líneas, como si huyeran, ¿Por qué lloraba así su madre, después de su juramento? ¿Qué podía comprender ella? Sí, comprendía; con su carne de madre comprendía la mortal angustia del hijo, su renuncia a la vida.

De repente, enrojeció, y levantó la cabeza, escuchando el viento.

"No hacía falta jurar – se dijo con una sonrisa ambigua. – Quien es verdaderamente fuerte, no jura. Quien jura, como he jurado yo, está también dispuesto a romper el juramento, como lo estoy yo."

En seguida sintió que la lucha empezaba de verdad, y desfalleció de tal modo, que se levantó y fue a contemplarse en el espejo.

"Mira, aquí estás, marcado por Dios. Si no te pones en sus manos, el espíritu del mal te dominará irremediablemente."

Entonces fue vacilando hasta la cama, se arrojó en ella vestido y comenzó a llorar. Lloraba silenciosamente, para que no le oyeran, para no oírse; pero dentro de sí gemía con fuerza, gritaba con todo su corazón: "¡Dios, Dios, cogedme, llevadme de aquí!".

Y experimentaba un auténtico descanso, porque le parecía que se había tendido en una tabla de salvación que le transportaba a través del mar de su dolor.

Al cesar la crisis, volvió a razonar.

Ahora todo le parecía claro, como un paisaje contemplado desde la ventana, bajo la luz del sol. Era cura, creía en Dios, se había casado con la Iglesia, había hecho voto de castidad: era como un hombre casado, en una palabra, que no debe traicionar a su mujer. No sabía con exactitud por qué había amado y amaba a aquella mujer. Tal vez estaba en una edad de crisis física, hacia los veintiocho años; su carne, adormecida por una larga abstinencia, o mejor dicho aún encerrada en una especie de prolongada adolescencia, se había despertado de repente, y tendía hacia aquella mujer porque era la más afín a él, tampoco ya demasiado joven, y, como él, desconocedora y privada del amor, encerrada en su casa como en un convento.

Así, en el principio, había sido un amor disfrazado de amistad. Se habían cogido en una red de sonrisas, de miradas. La misma imposibilidad de amarse los acercaba; nadie sospechaba de ellos, y ellos mismos se encontraban sin turbación, sin miedo, sin deseo. Sin embargo, el deseo se infiltraba poco a poco en su casto amor, como un agua silenciosa bajo un muro que, luego, de repente, se pudre y cae.

Pero todas estas cosas las pensaba él. Sumergiéndose en su conciencia, encontraba la verdad, sentía que había deseado a la mujer desde su primera mirada; desde la primera mirada se habían poseído. Todo lo demás eran engaños con los que intentaba justificarse ante sus propios ojos.

Pues bien: era así. Y él aceptaba la verdad. Era así, y era así porque la naturaleza del hombre es esta: sufrir, amar, unirse, gozar, sufrir otra vez, dar y recibir el bien, dar y recibir el mal: esta es la vida del hombre. Y todos sus razonamientos no le quitaban un ápice de la angustia que le pesaba en el corazón, y ahora comprendía el verdadero sentido de esta angustia: era la sensación de la muerte, porque renunciar a amar, a poseer a aquella mujer, era renunciar a la vida misma.

Pero luego pensaba: "¿No será vanidad también esto?". Pasado el instante del placer del amor, el espíritu recobra su dominio, vuelve; es más, se refugia con mayor deseo de soledad en la prisión del cuerpo mortal que le reviste. ¿Por qué, pues, sufrir por esta soledad? ¿No la había aceptado y vivido durante los años más tiernos de su vida? Aunque pudiera huir de verdad con Agnese y casarme con ella, seguiría estando igualmente solo dentro de mí...

Y, sin embargo, solo pronunciar su nombre, la sola idea de la posibilidad de vivir con ella, le hicieron levantarse temblando, y de nuevo sintió a la mujer recostada junto a él; le pareció que la abrazaba, fresca y suave como un junco; habló contra su cuello tibio, sobre sus cabellos sueltos, que olían, un poco cálidos y un poco salvajes, como la cabellera del azafrán. Y le recitó, mordiendo la almohada, lodos los versículos del *Cantar de los Cantares,* y cuando los terminó, le dijo que volvería a su casa al día siguiente, y que se sentía feliz de procurar dolor a su madre y a Dios, de haber jurado, y de haberse entregado al remordimiento, a la superstición, al terror, para romper con todo y volver a ella.

Luego, volvió a razonar.

Así como el enfermo se contenta con conocer, al menos, el diagnóstico de su mal, así él se hubiera contentado sabiendo siquiera por qué le sucedía todo eso. Como su madre, él también quiso rehacer todo el camino de su vida.

El rumor del viento acompañaba sus recuerdos más lejanos y vagos. Volvía a verse en un patio (dónde, no lo sabía: tal vez el patio de la casa donde servía su madre), encaramado en la pared con otros niños. La pared estaba erizada de pedacitos de vidrio, afilados como puntas de puñal, lo cual no impedía a los chicos asomarse, aunque se cortaran las manos; es más: experimentaban cierto placer en herirse, y se enseñaban uno a otro la sangre, y luego se la secaban en los sobacos, imaginándose que así nadie se daría cuenta de sus heridas. Desde la pared veían la calle, a la que tenían libertad de ir; pero les gustaba encaramarse a la pared, porque estaba prohibido, y se divertían echando piedras contra las pocas personas que pasaban, escondiéndose luego, entre el gusto de la proeza cometida y el miedo de que los descubrieran. Una muchachita, lisiada y sordomuda, se sentaba al pie de la leñera, en el fondo del patio, y desde allí abajo los miraba con dos grandes ojos oscuros, suplicantes y severos. Los muchachos le tenían miedo; pero no se atrevían a molestarla; es más: bajaban la voz, como si ella hubiera podido oírles. A veces la invitaban a jugar con ellos. Entonces, la niña reía con una alegría casi loca; pero no se movía de su rincón.

Paulo veía aún aquellos dos ojos profundos, llenos ya de una luz de dolor y de voluptuosidad; los veía en el fondo de su memoria, como en el fondo del patio misterioso: y se le antojaba que se parecían a los de Agnese.

Luego se veía en la misma calle en la que tiraba piedras a los que pasaban; pero más abajo, en la esquina de una calleja húmeda, encerrado en el fondo de un grupo de chozas negras.

Él vivía entre la calle y la calleja, en una casa de gente acomodada, todas mujeres gordas y serias, que cerraban puertas y ventanas al caer la tarde, y recibían solamente a otras mujeres y a curas, con los que bromeaban incluso, pero riendo apenas a flor de labio, con compostura.

Había sido precisamente uno de estos curas quien, un día, después de haberle cogido por los hombros, apretándole fuertemente entre sus piernas huesudas y levantándole vigorosamente con la mano su cara tímida y vergonzosa, le había preguntado:

– ¿Es verdad que quieres ser cura?

El dijo que sí, con la cabeza, y, después de haber recibido una estampa y un dulce aplastado, se había quedado allí, en un rincón, escuchando las conversaciones de las mujeres y de los curas. Hablaban del párroco de Aar, contando que salía de caza, fumaba en pipa y se dejaba la barba. Sin embargo, el obispo no quería intervenir, porque difícilmente otro cura hubiera querido ir a aquel pueblo perdido en la campiña. Por otra parte, el párroco atrevido amenazaba con atar y echar al torrente a quien se atreviese a quitarle el puesto.

– Lo peor es que aquellos simples de Aar le quieren y tienen, además, miedo de él y de sus sortilegios. Algunos creen que es el

Anticristo. Las mujeres dicen que le ayudarán a atar y echar al río a su sucesor.

– ¿Has oído, Paulo? Si eres cura y quieres ir al pueblo de tu madre, prepárate a beber.

Era una mujer que bromeaba, Marielena, la que le cuidaba y cuando le peinaba lo estrechaba contra sí, y con su vientre caliente y su pecho blando le daba la sensación de un almohadón lleno de borra. El quería mucho a Marielena, que, a pesar de su cuerpo, tenía una cara fina, con las mejillas veteadas de rosa y los ojos castaños, de una lánguida dulzura. El la miraba desde abajo, como se mira el fruto maduro en el árbol: tal vez ella había sido su primer amor.

Luego comenzaron los días del Seminario. Al Seminario lo había llevado su madre, una mañana de octubre, azul, olorosa de mosto. He aquí la calle en cuesta, y, en lo alto, el arco que une el Seminario con la casa del obispo, curvado como un gran marco sobre el cuadro del claro paisaje de casitas, de árboles, de escalones de granito, con la torre de la catedral al fondo. La hierba renacía entre el enlosado, delante de la casa del obispo. Pasaban hombres a caballo, y los caballos tenían las piernas largas, los jarretes peludos, las herraduras brillantes. Él notaba todas estas cosas, porque miraba al suelo, un poco avergonzado de sí mismo, un poco avergonzado de su madre. Sí, ¿por qué no decirlo de una vez?, siempre se había avergonzado de su madre, porque era criada, porque era de aquel pueblo de simples. solo más tarde, mucho más tarde, había vencido este instinto innoble a fuerza de voluntad y de orgullo, y cuanto más se había avergonzado irrazonablemente de sus orígenes, más se había gloriado luego de ellos, frente a sí mismo, frente a Dios, escogiendo como morada aquel miserable pueblecito, y sometiéndose a su madre, respetando sus deseos más humildes y sus costumbres más mezquinas.

Pero el recuerdo de su madre criada, mejor dicho, menos quo criada, fregona de la cocina del Seminario, se entrelazaba con los recuerdos más humillantes de su adolescencia. Y, sin embargo, ella servía por él. En los días de confesión y de comunión, los superiores le obligaban a besarle la mano para pedirle perdón de las faltas cometidas. Aquella mano que ella se secaba rápidamente con el estropajo, que olía a lejía y que estaba toda agrietada como una pared vieja. Él experimentaba vergüenza y rabia al besarla; pero pedía perdón a Dios de no poder pedírselo a ella.

Es más: Dios se le había revelado así, como escondido detrás de su madre, en la cocina húmeda y llena de humo del Seminario; Dios, que está en todas partes: en el cielo, en la tierra y en todas las cosas.

En las horas de exaltación, cuando, con los ojos abiertos en la oscuridad de su habitación, pensaba, maravillado: "Yo seré cura, yo podré consagrar la hostia y convertirla en Dios", pensaba también en su madre, y, de lejos, sin verla, la quería, reconocía que de ella provenía su propia grandeza; de ella, que, en lugar de mandarle a apacentar las cabras o a llevar sacos de trigo al molino, como sus antepasados, le hacía ser sacerdote, que podía consagrar la hostia y convertirla en Dios.

Así concebía él su misión. No había conocido nada del mundo: las ceremonias de las grandes fiestas religiosas eran sus recuerdos más vividos, más sensuales. Recordándolas a través del lamento ininterrumpido de su angustia presente, todavía le despertaban una sensación de alegría, de luz; estaban todavía delante de él como grandes cuadros vivos. Y ahora, la música del órgano en la catedral y la sensación misteriosa de las ceremonias de la Semana Santa, se confundían precisamente con su dolor actual, con la angustia de vida y muerte que le oprimía contra su cama, como Cristo en el sepulcro; Cristo muerto, que tiene que resucitar, pero cuyas carnes sangran aún y que tiene la boca quemada por el vinagre.

Durante uno de esos períodos de turbación mística había conocido por primera vez a la mujer. Todavía ahora, al pensarlo, le parecía un sueño, ni feo ni hermoso, solamente extraño.

Todas las fiestas iba a visitar a las mujeres en cuya casa había estado de pequeño. Ellas le recibían como si ya fuera sacerdote, familiares y, además, alegres, pero siempre dignas, y él enrojecía contemplando a Marielena; enrojecía un poco enfadado contra sí mismo, porque, aunque la mujer le gustaba todavía, se le aparecía en su crudo realismo: gorda, blanda, deforme. Y, sin embargo, su presencia, sus dulces ojos, le excitaban.

Con frecuencia, ella y sus hermanas, le invitaban los días de fiesta. Una vez, el domingo de Ramos, mientras ellas ponían la mesa y esperaban a otros invitados, él, que había llegado pronto, salió a su huertecillo y se puso a caminar a lo largo de la albarrada que lo circundaba, por debajo de los arbolillos cubiertos de hojitas de oro.

El cielo era de un azul lechoso; el aire, caliente y suave a causa del viento de Levante. A lo lejos se oía ya el canto del cuco.

De repente, mientras se alzaba de puntillas para arrancar infantilmente una perla de resina de un almendro, vio en la calleja de más allá de la pared dos ojos verdosos, de pupila grande, que le miraban. Parecían los ojos de un gato, y todo el cuerpo de la mujer, vestida de gris, sentada en cuclillas en el escaloncillo de un portillo negro, al fondo de la calleja, tenía algo de felino.

Aún la veía, nítidamente, delante de él; le parecía tener todavía, entre el pulgar y el índice, la gota blanda de resina, mientras sus ojos fascinados, no podían separarse de los de ella. Y encima del portillo veía una pequeña ventana, rodeada por una banda blanca, con una crucecita encima. El conocía bien, desde niño, aquel portillo y aquella ventana, y aquella cruz contra las tentaciones le divertía, porque la mujer que habitaba en la casucha, Maria Paska, era una mujer perdida. Hela ahí, todavía delante de él, con su pañuelo con flecos abierto sobre el cuello blanco, hasta donde caen, como dos largas gotas de sangre, los pendientes de coral. Con los codos sobre las rodillas y la cara pálida y fina entre las manos, María Paska no deja de mirarle, y, finalmente, le sonríe, sin moverse. Los dientes blancos, apretados, los ojos levemente crueles, acentúan la expresión felina de su rostro. De repente, sin embargo, ella deja caer las manos en el regazo, levanta la cabeza y adopta una expresión grave y triste. Un hombre gordo, con la barretina echada a un lado, para que le esconda el rostro, avanza con cautela por la calleja, a lo largo de la pared, hacia el cual se vuelve.

María Paska se levanta en seguida y entra en casa: el hombre entra después de ella y cierra la puerta.

Paulo no olvidó nunca la turbación terrible que le había invadido mientras seguía paseando por el huertecillo de las mujeres, pensando en aquellos dos, encerrados en la casucha de la calleja. Era una tristeza turbia, un malestar que le hacía desear encontrarse solo, esconderse como un animal enfermo, y que durante la comida le hizo estar más taciturno que de costumbre, entre los demás invitados, alegremente serenos. En seguida después de la comida volvió al huertecillo. La mujer estaba allí, en su lugar de espera, en la misma postura de antes. El sol no llegaba nunca hasta el húmedo rincón de su postigo, y parecía que ella se conservaba tan blanca y fina, por la sombra que la rodeaba.

Al ver otra vez al seminarista, no se movió, pero volvió a sonreírle; luego se puso seria, como cuando había llegado el hombre gordo, y le preguntó en voz alta, hablándole como a un muchacho: – Di, ¿vienes a bendecirme la casa el sábado? El año pasado, el cura que pasaba bendiciendo las casas, no quiso entrar en la mía. ¡Así se vaya al infierno, con su alforja y lo que lleve dentro!

Paulo no contestó. Sintió deseos de tirarle una piedra, mejor dicho, cogió realmente la piedra de la pared. Luego la dejó otra vez y se limpió la mano con un pañuelo; pero durante toda aquella Semana Santa, mientras oía misa, mientras asistía a las ceremonias sagradas, mientras con el cirio en la mano formaba parte del cortejo del obispo, con los demás seminaristas, los ojos de la mujer no se le quitaban de delante: le obsesionaban. Tenía deseos de exhorcizarla como a una endemoniada, y, al mismo tiempo, sentía que el espíritu del mal estaba, en cambio, dentro de él. Al asistir al lavatorio de pies, mientras el obispo se inclinaba delante de doce mendigos, que parecían de verdad doce apóstoles, se enterneció pensando que el cura no había querido, el Sábado Santo del año pasado, bendecir la casa de la mujer perdida. Y Cristo había perdonado a María Magdalena. Tal vez si el cura bendijera la casa de la mujer perdida, esta se enmendaría. Este pensamiento comenzó a apoderarse de él, a ahogar todos los demás pensamientos. Examinándolo bien, ahora, a distancia, se daba cuenta de que había sido una añagaza del instinto; en aquel tiempo, él no tenía aún conciencia de sí mismo, tal vez; incluso conociéndose, hubiera ido igualmente el Sábado Santo a la calleja de la mujer perdida.

Desde la esquina de la calleja vio que Maria Paska no estaba sentada en el umbral; pero el portillo estaba abierto, señal de que no había ningún visitante. Sin quererlo, él imitó entonces al hombre gordo, y se acercó cauteloso, con la cara hacia la pared. Le molestaba que ella no estuviera allí, al acecho, y que al verlo no se levantara de repente, grave y triste. Al llegar al fondo de la calleja, la vio que estaba sacando agua del pozo que había al lado de la casita, y el corazón le dio un salto: parecía realmente María Magdalena. Y, como María Magdalena, ella volvió la cara, mientras sacaba el cubo, y enrojeció: nunca en su vida había vuelto a ver Paulo una mujer tan bella. Deseó huir, pero ella lo tenía embelesado. La mujer entró en la casa, con el cubo de agua en la mano, y le dijo algo que él no oyó, y fue ella quien cerró la puerta en cuanto él hubo entrado. Subieron la escalerilla de madera que, por medio de una trampa, conducía a la habitación de arriba, aquella de la ventana que tenía la cruz contra las tentaciones.

La mujer, que llegó primero, se inclinó sobre la trampa y le sonrió desde arriba, como tirando de él con su mirada, y cuando también Paulo estuvo en la habitación, se le acercó, como si quisiera medirse con él. De un manotazo le quitó de la cabeza el sombrero, luego comenzó ella, como si fuera el hombre y él la mujer, a desabrocharle la sotana, tocando los botoncitos rojos con un placer infantil, igual que el había arrancado el grano de resina del almendro florido.

Volvió otras veces a su casa; pero, después de recibir las órdenes y de pronunciar el voto de castidad, no se había acercado más a ninguna mujer. Sus sentidos se habían vuelto como rígidos bajo la helada coraza de su voto: cuando oía contar historias escandalosas de otros curas, experimentaba orgullo al sentirse puro, y recordaba su aventura con la mujer de la calleja como una enfermedad de la que estaba completamente curado.

Durante los primeros años pasados en el pueblecito le parecía que había ya vivido toda su vida; que lo había conocido todo: la miseria, la humillación, el amor, el placer, el pecado, la expiación;

que se había retirado del mundo como los viejos ermitaños, y que esperaba solamente el reino de Dios.

Y he aquí que, de repente, la vida terrenal se le había aparecido de nuevo en los ojos de una mujer, y él, al principio, se había engañado de tal manera, que la confundió con la vida eterna.

Amar y ser amado, ¿no era este el reino de Dios en la tierra? Y su pecho se hinchaba todavía al recordar. ¿Por qué todo esto, Señor? ¿Por qué tanta ceguera? ¿Dónde buscar la luz? Era un ignorante, y sabía que lo era. Su cultura estaba constituida por fragmentos de libros cuyo verdadero espíritu no entendía bien. La Biblia, sobre todo, le había formado con su romanticismo y su verismo de otros tiempos; por tanto, no se fiaba ni siquiera de sí mismo, de sus búsquedas interiores. Sabía que no se conocía, que no era dueño de sí, que se engañaba, que se engañaba siempre.

Le habían hecho equivocar el camino. El era un hombre de instintos, igual que sus antepasados molineros o pastores, y como no pedía entregarse al instinto, sufría. Y he aquí que volvía al primer diagnóstico de su mal, al más simple y justo: sufría porque era hombre, porque tenía necesidad de la mujer, del placer, de engendrar otros seres; sufría porque la finalidad natural de la vida es proseguir la vida, y a él se lo impedían, y este impedimento aumentaba el estímulo de su necesidad.

Pero luego recordaba que el placer le dejaba, después de gozado, disgusto y angustia. ¿Qué era, pues? No; no era la carne lo que pedía vivir, sino el alma, que se sentía encerrada en la carne y quería salir de su prisión. En los momentos de la suprema embriaguez del amor, era el alma que huía en un rápido vuelo, para caer pronto de nuevo en la jaula; pero le bastaba aquel instante de liberación para entrever el lugar adonde volaría al final de su cárcel, cuando la muralla de la carne se derrumbaría para siempre: lugar de goce infinito, el infinito.

Finalmente sonrió, triste y cansado. ¿En dónde había leído todas aquellas cosas? Sin duda, las habría leído: no pretendía pensar cosas nuevas. ¿Qué importaba? La verdad siempre ha sido la misma, igual entre todos los hombres, como igual es su corazón.

El se había creído diferente de los demás hombres, en destierro voluntario, digno de estar cerca de Dios. Tal vez Dios le castigaba por eso; le enviaba otra vez entre los hombres, en la comunidad de la pasión y del dolor.

Era preciso levantarse y caminar.

Alguien, en efecto, llamó a la puerta.

Paulo se estremeció, como si despertara sobresaltado, y se arrojó en seguida de la cama, con la impresión de uno que tiene que partir y teme llegar tarde. Sin embargo, en cuanto se hubo levantado, se sintió rendido, con todos sus miembros rotos: le parecía que le habían apaleado durante el sueño. Doblado, con la barbilla sobre el pecho, movió levemente la cabeza haciendo una seña afirmativa. Sí; la madre no se había olvidado de llamarle pronto, como él se lo había recomendado el día antes. Sí; la madre seguía por el camino recto: no recordaba ninguna de las cosas de la noche anterior y le llamaba como si todo fuera igual que las otras mañanas.

Era igual, sí. Y él volvió a levantarse y comenzó a vestirse. Poco a poco se atiesaba, se ponía rígido, dentro de su duro traje de guerrero.

Abrió la ventana de par en par, parpadeando ante la viva luz del cielo plateado. Las zarzas del ribazo temblaban, llenas de chispas y de cantos de pájaros. El viento había cesado, y en el aire puro vibraban los tañidos de la campana.

Aquellos tañidos le llamaban; él ya no veía ninguna cosa exterior, aunque procuraba rehuir sus cosas interiores. El olor de su estancia le procuraba una turbación física. Los recuerdos le herían por todas partes. Aquellos tañidos le llamaban; pero él no se decidía a abandonar su habitación, y se entretenía en ella casi rabiosamente. Se acercó al espejo, y pronto se alejó. Era inútil huir: la imagen de la mujer estaba dentro de él, como la suya en el espejo. Ya podía romperse en mil pedazos: cada pedazo la conservaría entera.

El segundo toque de la misa insistía, solicitándole, y él iba de acá para allá, buscando algo que no encontraba. Finalmente, se sentó ante la mesa y comenzó a escribir.

A lo primero copió los versículos de la puerta estrecha: «Entrad por la puerta estrecha, etc.». Luego los borró, y, en la otra cara del papel, escribió: «Le ruego que no me espere más. Nos hemos enredado mutuamente en una red de engaños. Tenemos que cortar en seguida, para librarnos, para no caer al fondo. Yo no volveré; olvídeme, no me escriba, no intente verme más.».

Bajó y llamó a la madre desde el pasillo de la entrada. Le tendió la carta, sin mirarla.

– Llévela en seguida – le dijo, con voz ronca, – procure entregársela a ella. Luego, vuelva inmediatamente.

Sintió que le arrebataban la carta de las manos y corrió fuera, momentáneamente tranquilizado de nuevo.

La campana tocaba ya el tercer toque sobre el pueblecito silencioso, sobre los valles todavía grises por el gris plateado de la aurora.

Por la calle en cuesta subían figuras de viejos campesinos, con el bastón de raíz colgado de la muñeca con una correa, y de mujeres de gran cabeza angulosa sobre el cuerpo pequeño. Y parecía que subieran de la profundidad del valle.

Cuando todos estuvieron dentro de la iglesuca, y los viejos se situaron bajo la balaustrada del altar, un olor silvestre se esparció todo alrededor.

Pero Antioco, el sacristán adolescente que ayudaba a misa, agitaba el incensario, enviando el humo hacia los viejos para alejar su olor. Poco a poco, una nube de incienso separó el altar del resto de la iglesesuca, y el sacristán, moreno en su alba blanca, y el cura, pálido en sus ornamentos de brocado rojizo, se movieron en medio de ella como por una niebla perlada.

A los dos les gustaba mucho el humo y el olor de incienso, y hacían gran uso de él. Volviéndose hacia la nave, el cura cerraba los ojos como si no viera bien a través de aquella niebla; y, luego, fruncía la frente. Parecía estar descontento del escaso número de fieles y esperar a otros más. En efecto, entraba algún retrasado; y, por último, llegó también su madre, y él se volvió pálido hasta los labios.

La carta, seguramente, estaba entregada; el sacrificio, cumplido. Un sudor mortal le humedecía las sienes; y cuando consagró la hostia, gimió para sí: – ¡Dios mío! ¡Os ofrezco mi carne, os ofrezco mi sangre!

Y le pareció ver a la mujer con el papel en la mano, como una hostia consagrada: lo leía y caía al suelo muerta.

Al terminar la misa se arrodilló, cansado, recitando con voz monótona una plegaria en latín. Los fieles contestaban; y él experimentaba una sensación de sueño, un deseo de arrojarse de cara al suelo, a los pies del altar, y de dormir como un pastor en la roca desnuda.

Entre el humo del incienso, detrás del vidrio de la hornacina, veía a la pequeña Virgen, que el pueblo tenía por milagrosa, negra y fina como un camafeo dentro de un medallón; y la miraba con la impresión de volverla a ver solamente entonces, después de mucho tiempo, después de una larga ausencia. ¿Dónde había estado durante todo aquel tiempo? No lo recordaba bien; tenía la mente confusa; pero de repente volvió en sí, se levantó, se volvió y — cosa no nueva, pero no demasiado frecuente — se puso a hablar a los fieles. Hablaba en sardo, con voz áspera, como si regañara a los viejos campesinos que estiraban su rostro barbudo por entre las columnas de la balaustrada para escuchar mejor, y a las mujeres que estaban sentadas en cuclillas en el suelo, entre curiosas y asustadas. El sacristán, con el libro bajo el brazo, le miraba con sus grandes ojos negros; luego, miraba a los fieles y meneaba la cabeza, como si los amenazara burlonamente.

– Sí, – decía el cura – vuestro número es cada vez menor. Si me vuelvo, casi me da vergüenza mirar; me parece que soy un pastor que ha perdido a sus ovejas. solo el domingo la iglesia está un poco llena; pero se diría que venís más por escrúpulo que por fe, más por costumbre que por necesidad, igual que os cambiáis de vestido, igual que dormís. Pues bien: es tiempo de despertarse, es tiempo de despertar a todos. No digo que vengan aquí, todas las mañanas, las madres de familia y los hombres que tienen que ir a trabajar antes que amanezca; pero las mujeres jóvenes, los viejos, los niños, todos aquellos que yo ahora, al salir de la iglesia veré a la puerta de sus casas para saludar al sol naciente, todos tienen que venir aquí, a empezar el día con Dios, a saludar a Dios en su casa y a tomar fuerzas para el trecho de camino que tienen que recorrer. Si así lo hacéis, desaparecerá la miseria que os roe, desaparecerán las malas costumbres, y la tentación estará lejos de vosotros. Es tiempo de despertarse pronto por la mañana, de lavarse, de cambiarse de ropa cada día, no solamente el domingo. Os espero, pues, a todos, empezando desde mañana. Rezaremos juntos para que Dios no nos abandone ni abandone a nuestro pueblo, como no abandona nunca al más pequeño nido. Y rezaremos por aquellos que están enfermos y no pueden venir, para que se curen y caminen.

Volvió bruscamente y el sacristán le imitó. Durante unos minutos, en la iglesia reinó un silencio tan intenso, que se oían los golpes del picapedrero detrás del ribazo. Luego, una mujer se levantó; y, acercándose a la madre del cura, le puso una mano en el hombro e inclinándose le dijo en voz baja: – Es preciso que su hijo vaya en seguida a confesar al rey Nicodemo, que está muy enfermo.

La madre levantó los ojos, saliendo de su pena. Recordó que el rey Nicodemo era un viejo cazador extravagante, que vivía en una cabaña en la meseta; y preguntó si hacía falta que su Paulo fuera allá arriba para confesarle.

– No, – murmuró la mujer – los parientes le han bajado al pueblo.

La madre fue entonces a avisar a su Paulo, a la pequeña sacristía donde él terminaba de vestirse, ayudado por Antioco.

– ¿Vendrás antes a casa a tomar el café?

El evitaba mirarla. Ni siquiera le contestó, y pareció tener mucho interés en apresurarse a ir corriendo a casa del viejo.

Madre e hijo pensaban en lo mismo: en la carta entregada a Agnese; pero ninguno de los dos hablaba de ella. Luego Paulo se fue corriendo; y ella, quieta como una estatua de madera, dijo al sacristán, atareado en meter los ornamentos sagrados dentro del armario negro: – Mejor habría sido no decirle nada hasta que hubiese ido a casa a tomar el café.

Pero Antioco asomó la cara por la puerta del armario y dijo seriamente: – Un cura tiene que acostumbrarse a todo.

Y reanudando su trabajo dentro del armario, añadió como para sí: – Tal vez está enfadado conmigo, porque dice que he estado distraído. Pero no es verdad, le aseguro que no es verdad. solo que miraba a los viejos y me entraban ganas de reír, porque no hay duda de que no comprendían el sermón. Abrían la boca, pero no comprendían nada. Apuesto cualquier cosa a que el viejo Marco Panizza cree de verdad que tiene que lavarse la cara todos los días, él, que solo se la lava por Pascua Florida y por Navidad. Y ya verá, ya verá cómo de ahora en adelante todos vendrán cada día a la iglesia, porque él dice que así desaparecerá la miseria.

Ella seguía quieta, con las manos debajo del delantal.

– La miseria del alma – dijo, para demostrar que ella, por lo menos, le había entendido. Sin embargo, Antioco la miró igual que había mirado a los viejos: con unas grandes ganas de reírse. Ya que no había duda de que nadie podía comprender estas cosas como las comprendía él, que ya se sabía de memoria los cuatro Evangelios y quería ser cura, cosa que no le impedía ser malicioso y curioso como los demás muchachos.

En cuanto lo tuvo todo ordenado, y una vez se hubo marchado la madre del cura, cerró la sacristía y atravesó el pequeño huerto de la iglesia, invadido por el romero y solitario como un rincón de cementerio; pero en lugar de volver a su casa, a casa de su madre, que tenía una taberna, allí, en un rincón de la plaza, corrió a la parroquia para saber algo del rey Nicodemo, y también por otra razón.

– Su hijo me ha regañado porque estaba distraído – repitió inquieto, mientras la madre del cura preparaba el desayuno para su Paulo. – Tal vez no me quiera más como sacristán, tal vez querrá a Ilario Panizza; pero Ilario no sabe ni siquiera leer, mientras que yo sé tanto, que puedo incluso leer en latín. Y, además, Ilario es muy sucio. ¿Qué dice usted? ¿Me echará?

– Quiere que estés atento, nada más. En la iglesia no se debe reír – reposó ella, dura y seria.

– Estaba muy enfadado. Tal vez esta noche no ha dormido, por el viento. ¿Ha oído qué viento?

La mujer no le contestó. Fue al pequeño comedor y puso en la mesa pan y bizcochos suficientes para doce apóstoles; tal vez su Paulo no comería nada, pero moverse, preparar las cosas para él como si tuviera que regresar alegre y hambriento, igual que un pastor montaraz, tranquilizaban un poco su pena y tal vez su conciencia.

Esta, sin embargo, se agitaba de cuando en cuando con más angustia: la misma observación del muchacho, «tal vez esta noche no ha dormido y por eso está enfadado», aumentaba su inquietud.

Iba y venía; y sus pasos pesados resonaban en las habitaciones silenciosas. Sentía instintivamente que, en apariencia, *todo estaba terminado,* pero que en realidad todo empezaba entonces. Había comprendido perfectamente sus palabras en el altar: era preciso despertarse pronto, lavarse y caminar. Caminar, caminar. Y ella iba y venía, arriba y abajo, arriba y abajo, haciéndose la ilusión de que caminaba de verdad. Puso en orden la habitación de Paulo; pero el espejo y los olores, aun a través de la convicción de que ahora ya todo estaba acabado, seguían irritándola e inquietándola.

La figura de su Paulo, pálida y rígida como la de un cadáver, se le aparecía en el espejo maldito, y, colgada de la pared, con la sotana, y tendida en la cama, sin respirar.

Y algo le pesaba en el corazón, como si también dentro de ella sus entrañas se hubieran paralizado y le impidieran respirar bien.

Mientras cambiaba la funda de la almohada, quitando aquella que su Paulo había mojado con el sudor de la angustia, pensó por primera vez en su vida: "Pero ¿por qué no pueden casarse los curas?".

Y pensó en que Agnese era rica, que tenía una casa grande, y huertos y fincas.

En seguida le pareció que pecaba horriblemente al tener estos pensamientos; y fue a dejar la funda, volvió atrás y entró en su habitación.

Caminar, caminar. Caminaba desde la aurora y estaba todavía en el principio de la senda. Por otra parte, siempre se anda, se anda, y se vuelve al mismo punto. Volvió abajo y se sentó delante de la chimenea, al lado de Antioco, que, él por lo menos, no se movía, decidido a esperar incluso todo el día si hacía falta, con tal de volver a ver a su superior y hacer las paces con él.

Inmóvil, con las piernas cruzadas y las manos entrelazadas alrededor de las rodillas, dijo, no sin un leve acento de reproche:

– Tenía que haberle llevado el café a la iglesia, como cuando se entretiene confesando a las mujeres. ¡Así va a tener hambre!

– Y ¿quién iba a imaginarse que le llamarían urgentemente? Parece ser que el viejo está muriéndose.

– Pero no debe de ser verdad. Son los nietos los que desean su muerte porque tiene dinero. Yo conozco al viejo; le he visto una vez que fui con mi padre a la meseta. Estaba sentado al sol, entre las piedras, entre un perro y un águila domesticada y muchos animales muertos. Dios no ordena vivir así.

– ¿Cómo, pues?

– Dios ordena vivir entre los hombres, trabajar la tierra, no esconder el dinero, sino darlo a los pobres.

El pequeño sacristán hablaba como un hombrecito; y la madre del cura se enterneció.

Después de todo, si Antíoco hablaba tan bien y juiciosamente, era por las enseñanzas de su Paulo. Era su Paulo quien enseñaba a todos la bondad, la sabiduría, la prudencia; y cuando quería conseguía convencer incluso a los viejos, que tienen sus ideas ya formadas, y a los muchachos despreocupados.

Suspiró, inclinándose para acercar la cafetera a las brasas.

– Hablas como un santito, Antioco. Veremos si cuando seas mayor obras así, si darás todo tu dinero a los pobres.

– Sí; yo se lo daré todo a los pobres. Yo tendré mucho dinero, porque mi madre gana bastante con su taberna, y mi padre es guardabosques y gana también. Todo lo que tenga se lo daré a los pobres. Dios lo quiere así; y luego procura que no nos quedemos sin nada. Y la Biblia dice: «Los cuervos no siembran ni siegan, y, sin embargo, Dios los nutre, y el lirio del valle va mejor vestido que el rey».

– Sí, Antioco, pero, cuando se está solo... ¿Y cuando se tienen hijos?

– Lo mismo. Además, yo no tendré hijos. Los curas no deben tenerlos.

Ella se volvió para mirarle. Le veía de perfil, sobre el fondo de la puerta abierta del patio. Un perfil oscuro, puro, quieto, como de bronce; las largas pestañas le cubrían los ojos de grandes pupilas. No supo por qué, pero sintió ganas de llorar.

– ¿Estás seguro de que serás cura?

– Si Dios quiere, sí.

– Los curas no pueden casarse. ¿Y si te quieres casar?

– Yo no quiero casarme, por que Dios no lo quiere.

– ¿Dios? Es el Papa el que no lo quiere – dijo la madre, un poco picada.

– El Papa es el representante de Dios en la tierra.

– Pero en los tiempos antiguos, como incluso ahora los curas protestantes, los sacerdotes tenían mujer y familia.

– Eso es otra cosa – dijo el muchacho acalorándose. – *Nosotros* no debemos tenerla.

– Los curas antiguos... – insistía la mujer.

Pero el sacristán era culto.

– Los curas antiguos... Está bien; pero luego, ellos mismos se reunieron y acordaron que no; y los que no la tenían, los más jóvenes, fueron los que más dijeron que no. Así debe ser.

– ¡Los más jóvenes! – dijo, como para sí, la madre. – Porque no saben nada. Luego se pueden arrepentir. Pueden incluso ir por el mal camino – añadió en voz baja. – Pueden discutir, como el antiguo párroco.

Se estremeció. Miró rápidamente a su alrededor, como para cerciorarse de que el fantasma no estaba allí; y en seguida se arrepintió de haberlo evocado. No, ella no quería ni siquiera recordarlo, y mucho menos a propósito de *aquello*. ¿No estaba todo terminado?

Por otra parte, el rostro de Antíoco expresaba un profundo desprecio.

– Aquél no era un cura. Era el hermano del Diablo, que había subido a la tierra. Dios nos libre de él. No hay que recordarlo siquiera.

Y se santiguó. Luego dijo, nuevamente sereno: – ¡Qué arrepentimiento! ¡Acaso él, su hijo, piensa en arrepentirse?

Ella sufría al oírle hablar así. Hubiera querido hablarle de su pena, ponerle en guardia para el porvenir; y al mismo tiempo sus palabras casi le alegraban; parecía que la conciencia del inocente hablara a la suya para aprobarla y animarla.

– El, mi Paulo, ¿dice que está bien así? – preguntó, en voz baja.

– Si no lo dice él, ¿quién quiere que lo diga? Lo dice, sí, ¿no se lo dice también a usted? ¡Bonita cosa, un cura con la mujer y su hijo en brazos! ¡Él, que tiene que ir a celebrar la misa y tiene que coger al niño porque llora! ¡Qué risa! ¡Su hijo con un niño en brazos y otro que le tire de la sotana!

La madre sonrió, y, sin embargo, una rápida visión de los niños correteando por la casa la turbó. Antioco se reía, con los ojos y los dientes brillantes en su cara morena; pero había algo cruel en su risa.

– ¡La mujer del cura sería divertida! Cuando salieran de paseo, vistos por detrás, parecerían dos mujeres juntas. Y en un pueblo donde no hubiera otro cura, ¿iría a confesarse con él?

– ¿Y la madre, entonces? ¿Con quién voy a confesarme yo?

– La madre es otra cosa. Además, ¿quién podría casarse con su hijo? ¿La sobrina del rey Nicodemo?

Y se echó a reír otra vez, porque la sobrina del rey Nicodemo era la muchacha más desgraciada del país, coja e idiota; pero volvió a ponerse serio cuando la madre, empujada a hablar por una voluntad que no era la suya, dijo en voz baja;

– ¡ Oh !, para eso habría una: Agnese.

Y Antioco murmuró, con celos: – Esta es fea. No me gusta, y tampoco le gusta a él...

Entonces la mujer comenzó a alabar a Agnese; pero hablaba en voz baja, como si tuviera miedo de que alguien, además del muchacho, la oyera, mientras Antíoco, con las manos entrelazadas alrededor de las rodillas, meneaba la cabeza negativamente. El labio inferior, brillante como una cereza, se adelantaba con desprecio.

– No, no. No me gusta. ¿Cómo tengo que decírselo? Es fea, es orgullosa, es vieja. Y además...

Unos pasos resonaban en el corredor. Ambos enmudecieron, esperando.

Paulo se sentó dejando el sombrero en la silla de al lado, ante la mesa preparada; y mientras la madre le servía el café, preguntó con voz tranquila.

– ¿Ha llevado la carta?

Ella dijo que sí, señalando hacia la cocina por temor a que el muchacho les oyera.

– ¿Quién hay?

– Antioco.

– ¡Antioco! – le llamó Paulo, y el muchacho, de un salto, se plantó delante de él, con la gorra en la mano, firme como un pequeño soldado.

– Antíoco, tienes que ir a la iglesia y preparar todo para llevar, más tarde, la extremaunción al viejo.

El muchacho no podía contestar de la alegría. ¿Así, pues, él ya no estaba enfadado, no pensaba echarle y sustituirle por otro?

– Espera: ¿has comido?

– No ha querido nada – dijo la madre.

– Siéntate ahí – le ordenó entonces Paulo. – Déle algo, mamá. Y tú, come.

No era la primera vez que Antioco se sentaba a la mesa del cura. Obedeció, pues, sin timidez; pero el corazón le latía un poco; se daba cuenta de que algo había cambiado con respecto a él, que el cura le hablaba de manera distinta que de costumbre; no podía decir por qué ni cómo, pero le hablaba de manera distinta de la habitual.

Y le miraba a la cara como si le viera por primera vez, con alegría, pero también con respeto: respeto y alegría, y todo un haz de sentimientos nuevos, de gratitud, de esperanza, de orgullo, le llenaban el corazón, como si fuera un nido de pajarillos, tibios, piantes, dispuestos a volar.

– Luego, a las dos, vienes para la lección. Es tiempo de empezar en serio el latín. Pediré una gramática nueva, porque la mía es del siglo pasado.

Antíoco había dejado de comer, se había ruborizado y ofrecía sus servicios con entusiasmo, sin preguntar por qué. El cura le miraba y sonreía. De repente, sin embargo, se volvió hacia el ventanuco, en cuyo fondo dorado temblaban las matas del ribazo, y pareció pensar en otra cosa. Y Antioco sintió que estaba nuevamente solo, nuevamente abandonado. Tristemente, quitó las migas del mantel, dobló con cuidado la servilleta y llevó las tazas a la cocina. Quería, además, lavarlas; y las hubiera lavado bien, porque estaba acostumbrado a lavar los vasos de la taberna; pero la madre del cura no se lo consintió.

– Ve, ve a la iglesia y prepara las cosas – le dijo en voz baja, empujándolo. Y él salió, pero antes de ir a la iglesia fue corriendo a ver a su madre para avisarla de que limpiara bien la casa, pues el cura quería visitarla.

La madre del cura, mientras tanto, había vuelto a entrar en el comedor, donde su Paulo se entretenía, sentado a la mesa, con un periódico delante.

Casi siempre, cuando estaba en casa, se retiraba a su habitación. Aquella mañana, en cambio, tenía miedo de entrar en ella. Leía el periódico, pero pensaba en otra cosa; pensaba en el viejo cazador moribundo que le había confesado que rehuía la compañía de los hombres porque «son el mismo mal». Y los hombres, por escarnio, le llamaban rey, como a Cristo los judíos.

Pero tampoco la confesión del viejo interesaba a Paulo: pensaba más bien en Antioco y en la madre y el padre de Antioco, a los cuales quería preguntar si en conciencia sabían lo que hacían abandonando al muchacho a sus fantasías, a su inconsciente decisión de ser cura. En el fondo sabía, sin embargo, que tampoco esto le importaba mucho. Lo que le importaba era rehuir su verdadero pensamiento; y cuando vio que la madre entraba, bajó la cabeza, pues le parecía que solamente ella adivinaba su auténtico pensamiento.

Bajó la cabeza, pero se dijo a sí mismo: "No, no, no".

No; no quería preguntarle nada más. La carta estaba entregada: ¿qué más quería saber?

La piedra del sepulcro estaba en su sitio. ¡Ah, cómo le pesaba sobre la nuca! Pero ¡qué vivo se sentía, enterrado vivo bajo aquella piedra!

La madre quitaba la mesa, poniendo las cosas en el armario que servía de aparador.

En el silencio, se oía el piar de los pájaros en el ribazo, los golpes rítmicos del picapedrero. Parecía que el mundo terminara allí, que la última habitación habitada por gente viva fuera aquella pequeña habitación blanca, con sus muebles negruzcos, con el suelo de ladrillos antiguos, sobre los cuales la luz verde y dorada del alto ventanuco difundía un reflejo trémulo de agua y daba al ambiente el aspecto de una prisión en el fondo de un castillo solitario.

Paulo había bebido su café como los otros días, y había comido sus bizcochos, como los otros días también. Ahora leía las noticias del mundo lejano. Sí; todo era como los otros días; pero la madre hubiera preferido que Paulo hubiese subido a su habitación y se hubiera encerrado en ella, o ya que estaba allí, que le hubiera preguntado otra vez a quién y cómo había entregado la carta. Fue hasta la puerta de la cocina, con una tacita en la mano; luego volvió hasta la mesa, con la tacita en la mano.

– Paulo, la carta se la he entregado a ella. Estaba ya levantada. La encontré en el huerto.

– Está bien – dijo él, sin levantar los ojos del periódico.

Pero ella no pudo irse, no podía dejar de hablar. Algo más fuerte que su voluntad, que la misma voluntad de Paulo, se lo impedía. Tragó la saliva salada que le llenaba la boca y miró dentro de la tacita al paisaje japonés ennegrecido por el café.

– Estaba en el huerto, porque se levanta pronto. Yo me fui directamente hacia ella y le entregué la carta. Nadie nos veía. Ella cogió la carta y la miró; luego me miró a mí y no la abrió. Yo dije: «No hay respuesta». Y estaba a punto de irme, pero ella me dijo: «Espere». Y abrió la carta, como para demostrarme que no era un secreto, y se puso blanca como el papel; luego me dijo: «Vaya con Dios».

– Basta, basta – le ordenó él, sin levantar los ojos; pero la madre vio que las cejas le temblaban y que su cara palidecía como la de Agnese. Por un momento creyó que iba a desvanecerse; luego vio que enrojecía, con la sangre que del corazón le refluía a la cara; y también ella se animó. Eran momentos terribles, que, sin embargo, había que afrontar y vencer. Abrió la boca para decir algo más, para murmurar por lo menos: «¿Ves lo que has hecho? Mal a ti y a ella». Pero él había levantado la cabeza, meneándola un poco hacia atrás, como para hacer bajar la mala sangre de la pasión; y, mirándola con ojos amenazadores, le decía: – Ahora basta. ¿No ha oído que basta? No quiero absolutamente volver a oír hablar de esto; si no, haré lo que usted decía ayer que haría: me iré.

En efecto, se levantó bruscamente, y, en lugar de subir a su habitación, salió de nuevo. La madre se dirigió a la cocina, con la tacita que le temblaba en las manos; la dejó y se apoyó en la boca del horno, asustada. Le parecía que Paulo se había ido para siempre; aunque volviera, ya no sería su Paulo, sería un desgraciado, presa de la mala pasión, uno que mira con ojos amenazadores, como el ladrón en acecho, a cualquiera que se atreva a cruzarse en su camino.

Y Paulo, realmente, caminaba como uno que ha huido de su casa para no volver a entrar en su habitación, ya que tenía la sensación de que Agnese se había introducido en ella, a escondidas, y que le esperaba, con la cara pálida, con la carta en la mano. Se había escapado de su casa para huir de sí mismo; pero la pasión le arrastraba peor que el viento de la noche pasada.

Atravesó el prado sin saber por qué; y le pareció que le arrojaban contra las paredes de la casa y del huerto de Agnese, y que, rechazado por el choque, volvía atrás, hasta la plaza, en cuyo parapeto estaban sentados los viejos y por el que se asomaban los muchachos y los mendigos. Habló con unos y con otros, sin escuchar su voz; luego bajó por la calle del pueblo, hasta el sendero del valle, sin ver nada del pueblo, de la calle, ni del valle. Todo el universo se había derrumbado, se le había caído dentro, en un caos de piedras, de escombros, de ruinas; entonces él se erguía por encima del universo para mirar, como los muchachos miraban los barrancos del valle desde las rocas, a lo largo del sendero.

Y volvió hacia la iglesia. Las callejas del pueblo estaban desiertas; por las paredes de los patios asomaba algún melocotonero con los frutos maduros, y por el claro cielo de septiembre pasaba un plácido rebaño de nubecillas blancas.

En algunas casas se oía el ruido del telar; en otras, el llanto de un niño de pecho.

El guarda forestal, encargado también del servicio urbano, única autoridad del lugar, vestido medio de cazador y medio de funcionario, con los pantalones azules ribeteados de rojo y una americana de terciopelo ajado, recorría las calles con su gran perro atado. Era un perro negro y rojo, con los ojos inyectados en sangre, que tenía algo de lobo y de león; y todos los lugareños, los campesinos del valle, los pastores y los cazadores de la meseta, los muchachos y los ladrones, le conocían y le temían. El guarda lo llevaba consigo día y noche, porque tenía miedo además de que se lo envenenaran. Al ver al cura, el perro gruñó; pero a un gesto de su dueño se quedó quieto, con la cabeza gacha.

El guarda se detuvo y saludó militarmente al cura; luego dijo con solemnidad: – Esta, mañana, temprano, he ido a ver al enfermo. Tiene cuarenta de fiebre: ciento dos pulsaciones. Según mi débil parecer tiene una inflamación en los riñones. La sobrina quería que yo le diera quinina – el guarda tenía las medicinas y se permitía visitar a los enfermos, además de por obligación de su cargo, para hacerse la ilusión de sustituir al médico, que subía al pueblo dos veces por semana. – Pero yo le he dicho: «Despacio, mujer; según mi débil parecer, le hace falta una purga, no quinina». La mujer lloraba, pero sin lágrimas, así Dios me fulmine si juzgo temerariamente. Y quería que fuera corriendo a llamar al médico. «El doctor viene mañana por la mañana, domingo – le he dicho yo; – si te corre prisa, envía a un hombre por tu cuenta a llamarle. El enfermo, para morir, puede pagarse la visita del médico, después de haberse pasado toda la vida sin gastar.» ¿No le he dicho bien?

Esperó, serio, la aprobación del cura. Pero el cura miraba al perro, dócil y manso por voluntad de su dueño, y pensaba: "¡Si pudiéramos llevar así, de una cadena, nuestras pasiones!".

– Sí, – dijo distraídamente – se puede esperar hasta mañana por la mañana la visita del doctor. Pero el enfermo está grave.

– Pues bien, si está grave – insistió el guarda con firmeza y no sin un poquitín de enojo por la indiferencia del cura, – que manden a un hombre a llamar al médico. El enfermo puede pagarlo, no es un pobre sin bienes. Pero la nieta no ha obedecido ni siquiera mis órdenes; no le ha dado la purga que yo mismo he preparado y le he entregado.

– Antes teníamos que administrarle la santa comunión.

– Ustedes dicen que a un enfermo se le puede administrar la santa comunión sin que esté en ayunas.

– Bueno – dijo el cura, perdiendo la paciencia; – el viejo no ha querido la purga. Apretaba los dientes, y los tiene todos sanos y fuertes. Y daba puñetazos como si estuviera sano.

– Entonces, la nieta, según mi débil parecer, no debe permitirse ordenarme a mí, al guardia urbano y forestal, como si fuera un criado cualquiera, que vaya a llamar urgentemente al médico. Aquí no se trata de un herido, ni de un hecho cualquiera que dependa de la medicina legal. El guardia tiene otras muchas cosas que vigilar. Ahora tengo que ir hasta el vado del río, porque he recibido la denuncia de que algún bienhechor ha puesto dinamita en el agua para matar las truchas. Le saludo.

Repitió el saludo militar y se fue. Al sentir el tirón, el perro, participando en el enojo reprimido de su dueño, se puso en movimiento meneando la cola, feroz, y no gruñó más; pero volvió un poco la cabeza hacia el cura, mirándole a la cara con sus terribles ojos de asesino.

Más arriba vio a Antioco asomado al parapeto de la plaza, bajo la sombra temblorosa de un olmo. Esperaba, después de haberlo preparado todo para la extremaunción del viejo; y, al ver al cura, corrió a la sacristía, con el alba en la mano.

Pronto estuvieron los dos preparados. El cura, con el alba, la estola, y el vaso de plata con el santo óleo; Antioco, cubierto hasta los pies con una capa roja, con una sombrilla de brocado con flecos dorados que llevaba abierta, procurando que el sacerdote y el vaso permanecieran a la sombra, mientras que él, al sol, parecía más rojo por el contraste con la figura blanca y negra del cura. Una seriedad grave, casi trágica, le inmovilizaba el rostro. Le parecía que él era el custodio de tabernáculo; que había recibido del Señor la misión de proteger el sagrado vaso con el crisma. Lo que no le impidió reír silenciosamente, apretando los dientes, al ver que los viejos, al pasar el sacramento, bajaban desmañadamente del parapeto, y los muchachos se arrodillaban con la cara contra la pared, en lugar de dirigirla hacia el cura. Estos últimos, sin embargo, se levantaron en seguida y formaron un cortejo detrás del cura. Antíoco tocaba la campanilla delante de cada puerta, para avisar que pasaba el Señor. Los perros ladraban y el ruido de los telares cesaba. Las mujeres asomaban su gran cabeza por las ventanas y las barandillas de madera, y un temblor misterioso sacudía todo el pueblo.

Una mujer, que subía de la fuente con un cántaro de agua en la cabeza, se detuvo, dejó el cántaro en el suelo y se arrodilló a su lado.

Y el cura palideció, porque reconoció en ella a una criada de Agnese: aquélla era el agua con que Agnese lavaría sus lágrimas. Y le pareció que hasta el cántaro, húmedo y reluciente, lloraba. Sintió un desfallecimiento tan fuerte, que apretó entre las manos el vaso de plata, como si quisiera sostenerse en él.

El cortejo de muchachos aumentaba a medida que se acercaban a la casa del viejo. Hela aquí, al borde de la calle, entre esta y el valle. Es una casita alta, de piedra de esquisto, con un único ventanuco sin vidrios. Delante de ella se extiende un patinillo apisonado, rodeado por una albarrada.

La puerta estaba abierta, y el cura sabía que el enfermo yacía vestido, sobre una estera, en la habitación de la planta baja. Entró, pues, rezando, mientras Antíoco cerraba la sombrilla y agitaba con fuerza la campanilla en dirección a los muchachos, para ahuyentarlos como a moscas. Pero la habitación de la planta baja estaba desierta; la estera, vacía. Tal vez el enfermo había accedido a meterse en cama, o le habían transportado fácilmente a ella, agonizando como estaba.

El cura empujó la puerta de otra habitación de la planta baja; pero también esta estaba vacía. Se asomó entonces a la puerta y vio a la nieta del viejo que bajaba por la calle cojeando, afanosa, con una botella en la mano. Había ido a ver al guarda forestal para que le diera la medicina.

– ¿Dónde está el enfermo? – le preguntó el cura, mientras ella entraba santiguándose. Al no ver al abuelo en la estera, abrió los ojos y dio un grito de susto.

Fuera, los muchachos, que espiaban desde la albarrada, saltaron hasta la puerta; y como Antíoco se oponía a su invasión, comenzaron a darle empujones y a tirarle de la capa; pero apenas el cura, después de haber seguido a la coja por las habitaciones interiores, reapareció a la puerta, siempre con el vaso de plata en la mano, todos se retiraron silenciosos.

– ¡No está! ¿Dónde habrá ido? – gritaba la nieta del viejo, corriendo por la casa.

Entonces un niño, que acababa de llegar por detrás del seto del sendero, se adelantó, con las manos en los bolsillos, y dijo tranquilamente: – ¿Buscan al Rey? Se ha ido.

– ¿Adonde?

– Allá abajo – dijo el niño, señalando con la nariz hacia el valle.

La nieta se precipitó por el sendero, y los muchachos detrás de ella. El cura hizo señas a Antioco de que volviera a abrir la sombrilla; y los dos, despacito, graves y silenciosos, mientras la gente salía a la calle y la noticia de la fuga del viejo corría de boca en boca, volvieron a la iglesia.

Paulo estaba de nuevo sentado a la mesa, en el tranquilo comedor, servido por su madre. Menos mal; tenían de qué hablar: hablaban de la fuga del Rey Nicodemo. Antioco, una vez hubo dejado el vaso, el saco y la capa, había corrido nuevamente abajo para informarse. La primera vez volvió con noticias extrañas: el viejo había desaparecido y se decía que se lo habían llevado unos parientes suyos que querían apoderarse de su tesoro. Algún burlón bromeaba: – Se dice que han bajado su perro y su águila y que se lo han llevado.

– Lo del perro no lo creo; pero con el águila no hay que bromear. Cuando yo era niño, me acuerdo de que un águila se llevó de nuestro patio a un carnero bien pesado.

Pero luego, Antioco volvió otra vez con la noticia de que habían alcanzado al enfermo por el camino, mientras volvía a la meseta para morirse. La fiebre de la agonía le sostenía: andaba como un sonámbulo, y, para no irritarle ni hacerle daño, los parientes le habían acompañado a su cabaña.

– Siéntate y come – dijo el cura al muchacho.

Y Antioco ocupó de nuevo su sitio en la mesa, no sin antes haber observado la cara que ponía la madre.

La madre del cura le sonrió y le hizo seña con la cabeza de que obedeciera. Y él experimentó la sensación de que era ya como de la familia.

Y no se daba cuenta, el inocente, de que aquellos dos, una vez habían terminado de hablar de la fuga del viejo, sentían miedo de quedarse solos. La madre, de cuando en cuando, veía los ojos extraviados e inquietos de su hijo, que se detenían, se endurecían y se volvían opacos como de piedra, oscurecidos por la noche interior; y él, a su vez, volvía en sí, advirtiendo que ella le observaba y adivinaba su pena.

Cuando terminó de servirles, no volvió a entrar en el comedor.

Con el mediodía sereno, volvía el viento, pero un viento tenue y armonioso, de Poniente, que apenas si hacía temblar dulce y luminosamente los árboles del ribazo. Toda la habitación estaba alegrada por el reflejo de las hojas rientes, por la luz cambiante del alto cielo sobre el ventanuco, atravesado por hilos plateados de nubecillas sutiles con los que el viento parecía que tocaba su música leve.

De repente, alguien llamó a la puerta y rompió el encanto. Antioco corrió a abrir. Una viuda joven, pálida y con grandes ojos negros asustados, solicitaba hablar con el cura, mientras una muchachita, a la que ella llevaba fuertemente cogida de la mano, tiraba hacia atrás, retorciéndose, con los cabellos negros deshechos bajo el pañuelo rojo, y en el rostro, lívido, unos ojos verdes brillantes, como los de un gato montés.

– Está enferma, – dijo la viuda – quiero ver al cura para que lea los Evangelios y conjure al espíritu del mal, que se ha metido dentro de esta criatura.

Antioco, con la puerta abierta solamente a medias, estaba un poco inseguro y asustado. No era hora de molestar al cura por aquellas cosas; pero la muchachita, que no dejaba de retorcerse a un lado y a otro, y al no poder huir, intentaba morder la mano de la madre, producía pena y miedo.

– Es una obsesa – murmuró la madre, enrojeciendo de vergüenza.

Entonces, Antioco, sin más, la hizo entrar; mejor dicho: ayudó a la viuda a empujar adentro a la muchacha, que se había agarrado a la jamba de la puerta.

Al oír de lo que se trataba y de que era ya el tercer día que la enferma se retorcía de aquella manera, siempre procurando huir, muda y sorda a toda exhortación, el cura se la hizo acercar, la cogió por los hombros y le examinó los ojos y la boca.

– ¿Ha estado mucho al sol? – preguntó.

– No es eso – dijo la madre en voz baja. – Yo creo que el espíritu maligno la posee. No – añadió sollozando; – mi criatura ya no está sola.

Él se levantó para ir a buscar el libro de los Evangelios a su habitación ; pero dio un paso atrás y envió a Antioco.

Abrió el libro sobre la mesa; y, con la mano sobre la cabeza caliente de la muchacha, a la que sujetaba la madre arrodillada, Paulo leyó: «... Y navegaron hasta la región de los Gadarenos, que está enfrente de la Galilea. Y cuando hubo saltado a tierra, se le acercó un hombre de aquella ciudad, el cual desde hacía mucho tiempo tenía los demonios, y no iba vestido con ninguna vestidura, y no vivía en casa alguna, sino en los sepulcros. Y cuando vio a Jesús, dio un gran grito y se le arrojó a los pies y dijo con gran voz: "Jesús, Hijo de Dios Altísimo, ¿qué hay entre tú y yo? Te ruego que no me atormentes."».

Antioco volvía la página del libro y miraba la mano del cura puesta sobre la mesa. Al llegar a las palabras «¿Qué hay entre tú y yo?», vio que la mano temblaba levemente. Levantó los ojos y vio que los ojos de él estaban llenos de lágrimas.

Entonces, dominado por una emoción violenta, se arrodilló al lado de la viuda, sin dejar por eso de tocar el libro. Pensaba: "El hombre mejor del mundo es él. Llora porque lee la palabra de Dios." Y no se atrevía a volver a levantar los ojos para mirarle; pero con la mano libre tiraba de la falda de la muchacha, no sin inquietud, y, además, con el secreto temor de que los demonios, al salir de su cuerpo, pudieran entrar en el suyo.

La pequeña obsesa ya no se retorcía; al contrario, se atiesaba y parecía que se alargara, con su oscuro cuello estirado, la barbilla saliente sobre el nudo del pañuelo, los ojos fijos en la cara del cura. Poco a poco se le abría la boca: parecía como si las palabras del Evangelio, el susurro del viento, el rumor de los árboles en el ribazo, la encantaran. De repente, por efecto de un tirón más violento de la mano de Antíoco, se dobló también ella y se arrodilló. La mano que el cura tenía sobre su cabeza quedó suspendida en el aire; la voz de Paulo se hizo trémula.

«Ahora aquel hombre, del que habían salido los demonios, le rogaba poderse quedar con Él. Pero Jesús le despidió, diciendo: "Vuelve a tu casa y cuenta qué grandes cosas te ha hecho Dios..."».

Luego calló y retiró la mano. La muchachita, completamente calmada, tenía la cabeza un poco vuelta para mirar a Antioco. En el silencio se oía más fuerte el susurro de los árboles, y, más lejos, los golpes del picapedrero.

Paulo sufría. Ni por un instante había creído en la superstición de la viuda; es decir: en que la niña estuviera poseída por el diablo; le parecía, por tanto, que había leído sin fe el Evangelio: solo su demonio interior existía, y este no, este no se iba. Y, sin embargo, de repente, se había sentido más cerca de Dios: «¿Qué hay entre tú y yo?». Y le parecía que aquellos tres fieles, y su misma madre arrodillada detrás de la puerta de la cocina, estuvieran inclinados, no delante de su poder, sino delante de su miseria.

Pero cuando la viuda se agachó hasta besarle los pies, él se retiró vivamente. Pensaba en su madre, *que lo sabía todo,* y tuvo miedo de que ella le juzgara mal.

El gesto de la viuda, al levantarse, estuvo tan lleno de mortificación, que los dos muchachos se echaron a reír. Entonces también él sintió que se deshacía su dolor.

– Bueno, levantaos –. Ya está hecho.

Todos se levantaron, y Antíoco corrió a abrir la puerta, porque alguien llamaba otra vez.

Era el guarda forestal y urbano con su perro.

Antíoco le dijo en seguida, con la cara radiante de alegría: – Acaba de suceder un milagro. Los demonios han sido arrojados del cuerpo de Nina Masia.

El guarda, sin embargo, no creía en milagros; se separó un poco de la puerta, y dijo: – Entonces, que salgan.

– Entrarán en el cuerpo de su perro.

– No pueden: ¡están ya dentro!

Bromeaba, pero sin perder su gravedad. Al llegar a la puerta del comedor, saludó militarmente, dirigiéndose al cura, sin ni siquiera dignarse mirar a las mujeres.

– Tengo necesidad de hablar con usted a solas.

Las mujeres se retiraron a la cocina; y Antioco corrió a dejar el libro. Cuando volvió a bajar, aunque emocionado por el milagro, se detuvo para escuchar lo que decía el guarda. Decía así: – Le pido perdón por haber entrado con esta bestia. Es limpia y no molestará, porque comprende dónde está – el perro, en efecto, permanecía inmóvil, con los ojos bajos y la cola colgando. – Se trata del viejo Nicodemo Pania, conocido por Rey Nicodemo. Ha sido alcanzado en su cabaña y ha expresado su deseo de ver a usted y recibir la Extremaunción. Según mi débil parecer...

– ¡Santo Dios! – dijo el cura con impaciencia.

Pronto, sin embargo, se alegró infantilmente ante la perspectiva de ir a la meseta y doblegar así, bien o mal, su miserable angustia.

– Sí, sí – añadió en seguida. – Hay que buscar un caballo. El camino, ¿cómo es?

– Ya pensaré yo en el caballo y en el camino: es mi deber.

El cura le ofreció de beber. El guarda, por principio, no aceptaba nunca nada de nadie, ni siquiera un vaso de vino; pero, en aquel momento, sentía de tal manera fundido su deber civil con el deber religioso, que aceptó la invitación. Bebió, derramó las últimas gotas en el suelo – ya que la tierra exige su parte en todas las cosas que el hombre consume, – y le dio las gracias, saludando militarmente. Entonces Paulo vio que el perro meneaba la cola y levantaba los ojos para mirarle con expresión amistosa.

Antioco fue rápidamente a abrir de nuevo la puerta; luego volvió al comedor, en posición de firme también él. Le desagradaba que su madre, allí en la trastienda, arreglada para el acontecimiento, con la bandeja preparada para la invitación, esperara en vano aquel día la visita del cura; pero el deber estaba ante todo.

– ¿Qué he de preparar? – preguntó, imitando el acento serio del guarda. – ¿Hemos de llevarnos también la sombrilla?

– ¡solo faltaría esto! Vamos a caballo. Tú no deberías venir, pero puedo llevarte a la grupa.

– Yo voy a pie. Yo no me canso nunca.

En efecto, pocos minutos después estaba preparado, con una cajita en la mano y su capa roja doblada al brazo. Por su cuenta hubiera cogido además la sombrilla; pero era preciso obedecer las órdenes superiores.

Mientras esperaba al cura delante de la iglesia, todos los mozalbetes andrajosos, para los cuales la plaza aquella era el acostumbrado campo de batalla, le rodearon curiosos, sin atreverse a acercarse demasiado, contemplando la cajita con veneración no exenta de terror.

– Nosotros iremos detrás – dijo uno.

– Vosotros os quedaréis mil metros lejos; si no, os azuzo el perro del guarda.

– ¿El perro del guarda? ¡Bah! ¡Tú si que estarás mil metros lejos del perro del guarda!

– ¿Yo? – dijo él, con una sonrisa orgullosa.

– Sí; ahora te crees Dios porque tienes al verdadero Dios en la mano.

– Yo – dijo un sinvergüenza, – si fuera tú, me escaparía con la cajita y haría muchos encantamientos con los óleos sagrados.

– ¡Vete, pesado! El demonio que ha salido del cuerpo de Nina Masia ha entrado en el tuyo.

– ¿Qué dices? ¿El demonio?

– Sí – dijo Antioco, gravemente, – hoy, después de mediodía, él ha hecho salir al demonio del cuerpo de Nina Masia. Ahí viene.

La viuda, con la niña de la mano, salía de la casa parroquial. Los mozalbetes echaron a correr hacia ella, y en un instante la noticia del milagro se propagó por el pueblo. Entonces se vio un espectáculo que recordaba el de la llegada del cura. Toda la gente se reunió en la plaza, y la madre colocó a Nina Masia en los escalones de la puerta de la iglesia. Allá arriba, morena, leñosa, con sus ojos verdes y su pañuelo rojo, pareció por un momento el ídolo primitivo de aquella simple gente de fe.

Las mujeres lloraban y querían tocarla. Mientras tanto, había llegado el guarda con el perro; y el cura, a caballo, atravesaba la plaza. La multitud le siguió en procesión, murmurando. Él hacía algún gesto con la mano, volviéndose a un lado y a otro para dar las gracias; pero más que dolorido, parecía molesto por cuanto ocurría. Al llegar al comienzo de la calle en cuesta, detuvo el caballo y pareció querer decir algo. Luego picó espuelas y se alejó rápidamente. Un instinto desesperado le hacía desear correr, huir por el valle, perderse y dispersarse en el espacio salvaje que se le ofrecía delante.

El viento soplaba con más fuerza. En el mediodía luminoso, todas las matas y los arbustos vibraban y relucían. El río reflejaba el azul del cielo, y la rueda del molino parecía triturar diamantes. El guarda y Antioco, con la cajita, bajaban serios, conscientes de su deber, y también Paulo reanudó el camino más tranquilo. Después del río, el camino se convertía en sendero y subía hacia la meseta. Le acompañaban piedras y albarradas, árboles retorcidos y zarzas. El viento de Poniente daba una dulzura cálida al aire, y traía perfumes densos, como si arrancara y expandiera al pasar la flor del tomillo y las rosas silvestres.

Seguían subiendo. Cuando el pueblo desapareció, en el recodo del sendero todo fue viento, piedras, vapores que en el horizonte confundían la tierra con el cielo.

De cuando en cuando, el perro ladraba; y parecía que otros perros feroces le contestaban: solo era el eco.

A mitad de camino, el cura propuso a Antioco que montara a la grupa; pero el muchacho no quiso y accedió solamente, de mala gana, a darle la cajita.

Y solo entonces se permitió comenzar a hablar con el guarda; tentativa vana, por otra parte, ya que este no cesaba ni por un momento de creerse investido de altos poderes, y, de cuando en cuando, se detenía, frunciendo el ceño, y, bajándose la visera de la gorra sobre los ojos, volvía la mirada a una parte y a otra, como si todas las tierras de alrededor fueran suyas y les amenazara algún peligro. Entonces también el perro se detenía sobre las cuatro patas, venteando con un temblor que le sacudía el cuello y las orejas.

Afortunadamente, todo estaba tranquilo en el mediodía ventoso. En aquel desierto de piedras y de breñas, en los picos de las rocas, solo se veían las cabras esbeltas, negras contra el fondo rosa de las nubes.

Y he aquí una ladera cubierta de rocas graníticas: una verdadera cascada de piedras, que se posaban unas sobre otras con milagrosa ligereza.

Antioco reconoció el lugar donde había estado una vez con su padre, y mientras el cura daba un largo rodeo para no dejar la senda, y el guarda le seguía, fiel a su consigna, él se encaramó, de piedra en piedra, y llegó primero a la cabaña del viejo cazador.

Estaba hecha de ramas, rodeada por un recinto de piedras, contra las cuales, el viejo solitario, para completar aquella especie de fortaleza prehistórica, había acumulado otras piedras.

El sol caía dentro oblicuamente, como en un pozo. El horizonte, cerrado por tres partes, se abría solamente a la derecha, entre una roca y otra, con una lejanía azul y una tira de plata al fondo: el mar.

El nieto del viejo asomó por la puerta de la cabaña su negra cabeza rizada.

– Ya vienen – anunció Antioco.

– ¿Quiénes?

– El cura y el guarda.

El hombre saltó fuera, ágil y peludo como sus cabras, imprecando contra el guarda, que se entremetía continuamente en los asuntos ajenos.

– Ahora le rompo los huesos – amenazó.

Pero, cuando vio al perro, se apartó, mientras el del viejo iba al encuentro del otro y los dos canes se olían para saludarse.

Antioco volvió a coger la cajita y se sentó en una piedra, frente á la abertura azul del recinto. Desde allí veía una infinidad de pieles de jabalí, listadas de gris y negro, y de pieles de marta, manchadas de oro, tendidas en las rocas para secarse, y, en el interior de la cabaña, el cuerpo negro del viejo, echado sobre otras pieles, y su rostro oscuro, rodeado por una aureola de barba y de cabellos blancos, que tenía ya la expresión de la muerte.

El cura se inclinaba para interrogar al moribundo; pero este no contestaba, con los ojos cerrados, los labios violeta y una gotita de sangre en la comisura.

Más allá, el guarda, sentado también en una piedra, con el perro tumbado a sus pies, miraba hacia el interior de la cabaña, irritándose porque el moribundo desobedecía la ley, es decir, no pronunciaba su última voluntad. Y Antioco dirigía sus ojos socarrones hacia aquella parte, pensando con malicia en que el guarda hubiera azuzado gustoso el perro contra el viejo testarudo, como contra un ladrón.

Dentro de la cabaña, el cura se inclinaba cada vez más, oprimiéndose las manos, unidas entre las rodillas. Su gran frente pesaba sobre su perfil cansado; sus labios sobresalían con gesto de desagrado.

Ahora también él callaba. Parecía que se hubiese olvidado de para qué estaba allí y escuchara solamente el murmullo del viento entre los aladiernos, que parecía el lejano susurro del mar. De repente, el perro del guarda se levantó ladrando, y Antioco sintió sobre su cabeza un batir de alas. Se volvió, y vio sobre las rocas el águila doméstica del viejo cazador, con su pico, fuerte como un cuerno pequeño, y los abanicos negros de sus dos grandes alas, que se abrían y se movían lentamente.

Paulo, dentro, pensaba: "Así se muere. Este hombre ha huido de los hombres porque tenía miedo de matar, de pecar demasiado. Helo aquí ahora: piedra entre las piedras. Así seré yo dentro de treinta años, de cuarenta años, después de un exilio eterno. Y ella, esta noche, tal vez me espere todavía...".

Entonces se recobró. ¡Ah, no estaba muerto, como creía! La vida le latía dentro, se le despertaba fuerte y tenaz, como el águila entre las piedras.

"Tendría que pasar esta noche aquí. Si paso esta noche sin verla, estoy salvado. Vamos, Paulo, valor."

Salió y se sentó pensativo al lado de Antioco. El crepúsculo enrojecía ya el horizonte. En el recinto se alargaban las sombras de las rocas, de las matas, que el viento agitaba, y parecía que fueran las manchas de sol que temblaran, y así, dentro de él, no sabía distinguir cuál de sus deseos era el más firme.

– El viejo ya no habla: está agonizando. Ahora le suministraremos la extremaunción, y si se muere, habrá que pensar en trasladar el cadáver. Tendríamos – añadió, como para sí; pero no se atrevió a terminar la frase – que pasar la noche aquí.

Antíoco se levantó y preparó las cosas para la extremaunción. Abrió la cajita, haciendo saltar con placer los ganchos de plata; sacó los manteles, sacó el vaso, desplegó la capa y se la echó a los hombros: parecía él el sacerdote.

Cuando todo estuvo dispuesto, entraron otra vez en la cabaña, donde el nieto del viejo, arrodillado, sostenía la cabeza del moribundo.

Antioco se arrodilló al otro lado, con los faldones de la capa extendidos por el suelo, y cubrió con los manteles la piedra que servía de asiento. El vaso de plata reflejaba el rojo de la capa.

También el guarda se arrodilló fuera, con su perro al lado.

Y el cura ungió la frente del viejo, y la palma de las manos que no habían nunca querido hacer violencia, y los pies que le habían llevado lejos de los hombres, como del mismo mal.

El sol poniente enviaba hasta el interior de la cabaña un último resplandor, tocado por el cual Antioco aparecía entre el moribundo y el cura como una brasa entre carbones apagados.

"Hay que volver – pensaba Paulo; – no hay razón para quedarse aquí."

– Está grave – dijo saliendo fuera otra vez. – Ha perdido el conocimiento.

– Estado comatoso – precisó el guarda.

– Dentro de algunas horas estará muerto. Habrá que preparar el traslado del cadáver.

Y de nuevo hubiera querido añadir: «Tendríamos que pasar aquí la noche»; pero le dio vergüenza su ficción.

Por otra parte, se sentía empujado a caminar, a regresar. Con el crepúsculo, el pecado volvía a atraerle, le oprimía con la red de la sombra. Y él lo advertía y se asustaba; pero, en el fondo, se vigilaba, sentía su conciencia despierta, dispuesta a socorrerle.

"Basta con pasar esta noche sin verla, y estoy salvado."

¡Si alguien consiguiera retenerlo! ¡Si el viejo se incorporara y le agarrara por el extremo de la sotana!

Volvió a sentarse, procuró perder tiempo. El sol había ya caído sobre la última línea de la meseta, y allá abajo, los troncos de las encinas se dibujaban, contra el fondo rojo del horizonte, como las columnas de un pórtico coronadas por una gran cornisa negra. Ni siquiera la muerte turbaba la paz de aquella gran soledad.

Paulo se sentía cansado, y, como por la mañana, al pie del altar, hubiera querido tenderse sobre las piedras y dormir.

Mientras tanto, el guarda, por su cuenta, había tomado una decisión: se había arrodillado a su vez al lado del moribundo y le murmuraba algo al oído. El nieto le miraba desconfiado, pero un poco irónico. Se acercó el cura, y le dijo: – Ahora que ha cumplido con su deber, váyase, váyase en paz; ya sé yo lo que hay que hacer ahora.

El guarda salió.

– Ya no habla – dijo; – pero por un gesto suyo he podido comprender que ha arreglado todas sus cosas. Nicodemo Pania – añadió, volviéndose hacia el nieto: – en conciencia, ¿puedes asegurarnos que nos podemos ir tranquilos?

– Salvo el Santísimo Sacramento de la extremaunción, podían incluso no haber venido. ¿Qué les importan mis asuntos?

– ¡Hay que respetar la ley! Y no levante la voz, Nicodemo Pania.

– Basta: ahora no gritéis – dijo el cura, indicando la cabaña.

– Ustedes enseñan que en la vida solo hay un deber: cumplir con el propio deber – sentenció el guarda.

Y el cura se puso en pie, pinchado por aquellas palabras. Todo, ahora, le hablaba al corazón, y le parecía que Dios mismo pronunciaba su voluntad por la boca de los hombres.

Montó a caballo, y dijo al nieto del viejo: – No abandones a tu abuelo hasta que se muera. Dios es grande, y nunca sabemos lo que puede suceder.

El hombre le acompañó durante un trecho.

– Oiga – le dijo, cuando estuvieron lejos del guarda: – sí, mi abuelo me ha entregado el dinero. Aquí está, en el sobaco. No es mucho; pero lo que hay, ¿es mío?

– Si él te lo ha dado para ti, tuyo es – repuso Paulo, y se volvió para ver si los demás le seguían.

Le seguían. Antíoco se apoyaba en un bastón que se había hecho con una rama; el guarda, con la visera de la gorra y los botones brillantes por los reflejos del crepúsculo, antes de iniciar el sendero, se volvió y saludó militarmente. Saludaba a la muerte. Y el águila, desde su cubil, pareció responderle, batiendo una vez más las alas antes de dormirse.

Las sombras subían rápidas del valle, y pronto envolvieron a los tres caminantes. Pero, en el recodo del sendero, después del río, una luz lejana, que venía del pueblo, iluminó su camino. Parecía que allá abajo hubiera un incendio. Sobre el ribazo brillaban grandes llamas, y el guarda, con su vista agudísima, distinguió muchas sombras que se movían en la plaza de la iglesia.

Era sábado, y casi todos los hombres debían de haber vuelto al pueblo; pero esto no explicaba la razón de los fuegos y de la desacostumbrada agitación.

– Yo sé por qué – dijo Antíoco con alegría. – Esperan nuestro regreso y quieren festejar el milagro de Nina Masia.

– ¡Oh, Dios mío! ¡Qué bobo eres, Antioco! – gritó el cura, mirando casi con terror la ladera, bajo el pueblo iluminado por las hogueras.

El guarda no dio su parecer; pero, en su silencio desdeñoso, sacudió la cadena del perro, y el perro ladró. El valle se llenó de gritos roncos, y al cura le pareció, en su angustia, que una voz misteriosa protestara contra él, reprochándole que abusara de la simplicidad de sus feligreses.

"¿Qué he hecho de ellos? – se preguntó. – Los he arruinado, como me he arruinado yo. ¡Dios, sálvanos a todos!"

Y le asaltaron heroicos propósitos: detenerse, a su llegada, en medio de sus fieles y confesarles su pecado, su miseria; abrirse el pecho, delante de ellos, y hacer brillar su corazón miserable, pero incendiado por la llama de su dolor, más ardiente que las hogueras del ribazo.

Sin embargo, una voz le hablaba desde el fondo de su conciencia: "Festejan su fe; festejan a Dios en ti. Tú no tienes derecho a ponerte con tu miseria entre ellos y Dios".

Pero de más al fondo otra voz le decía: "No es eso: lo que pasa es que eres un cobarde. Tienes miedo de sufrir, de quemarte de verdad".

Y a medida que se acercaba al pueblo, a los hombres, se sentía más perdido que nunca. ¿Qué hacer? Le parecía que las sombras y las luces que las hogueras del ribazo difundían alrededor, sobre cada piedra, sobre cada tallo de hierba, salían de su conciencia. Pero ¿cuál era la verdad: la blanca o la negra?

Recordaba su llegada al pueblo, años atrás: la madre le seguía inquieta, como se sigue al niño que da sus primeros pasos.

"Y yo me he caído delante de ella. Y ella cree que me ha levantado; pero estoy herido de muerte. Dios mío, Dios mío..."

Y, de repente, experimentó una sensación de alivio, pensando que aquella fiesta improvisada le apartaba de su pena, tal vez incluso del peligro...

"Haré que alguien venga a casa: así pasará la noche. Se hará tarde... Si pasa la noche, estoy salvado."

Ya se distinguían, en lo alto, las puntas negras de las capuchas de los hombres asomados al parapeto de la plaza, y las llamas, más arriba, a ambos lados de la iglesuca, agitándose como banderas rojas. Las campanas no tañían, como la otra vez; pero un acordeón acompañaba con su sonido melancólico el temblor del resplandor del fuego.

Y he aquí que en el campanario apareció un astro de plata, que inmediatamente se desmenuzó y se dispersó, acompañado por un estallido que atronó el valle. Siguió un grito de alegría, y luego, otros chorros de luz y ruido de disparos. Disparaban en señal de júbilo, como en las veladas de las fiestas solemnes.

– Se han vuelto locos – dijo el guarda.

Y salió corriendo, con el perro, que ladraba sombríamente, como si allá abajo hubiese una revolución que fuera preciso dominar.

Antioco, en cambio, tenía ganas de llorar. Miraba al cura, alto sobre su caballo, negros los dos a la luz de, los fuegos, y le parecía que era un santo en una procesión.

"Mi madre, esta noche, hará un buen negocio con toda esa gente", pensó, sin embargo.

Y se sintió tan feliz, que desplegó la capa y se la echó sobre los hombros; luego pidió la cajita, pero no abandonó el bastón. Y así entró en el pueblo, parecido a uno de los Reyes Magos.

La nieta del viejo cazador llamó al cura desde la puerta y le preguntó noticias del abuelo.

– Todo va bien.

– Entonces, ¿está mejor?

– Tu abuelo, a estas horas, debe de estar muerto.

Ella dio un grito, y fue la única nota desentonada de la fiesta.

Los mozalbetes bajaban al encuentro del cura; rodearon el caballo como una nube de moscas, y así, en grupo, subieron hasta la plaza. Allí la gente no era tanta como parecía desde lejos, multiplicada por las sombras. La presencia del guarda con el perro había puesto un poco de orden. Los hombres estaban en fila cerca del parapeto, bajo los árboles tocados por el resplandor de las hogueras, y algunos bebían delante de la pequeña taberna de la madre de Antioco. Las mujeres, con los niños dormidos en brazos, estaban sentadas en los escalones de la iglesia, teniendo en medio de ellas a Nina Masia, tranquila como un gato soñoliento.

El guarda, con el perro, en medio de la plaza, parecía un monumento.

Al aparecer el cura, todos se movieron para rodearle. Sin embargo, su caballo, espoleado a escondidas, apresuró el paso, intentando bajar por la parte opuesta de la iglesia, donde estaba la casa de su dueño.

Entonces, este dueño, que era uno de los bebedores que estaban ante la taberna, se adelantó con el vaso en la mano y cogió a la bestia por la brida.

– ¡Eh, rocín, ¿en qué piensas? ¡Estoy aquí!

El caballo se detuvo de golpe, alargando el morro, como si quisiera beberse el vino de su dueño. El cura hizo ademán de desmontar; pero el hombre se lo impidió, cogiéndole por una pierna, tendiendo el vaso a un compañero que tenía una botella en la mano.

Todos, hombres y mujeres, se habían agrupado a su alrededor. Contra el fondo dorado de la puerta de la taberna, la figura alta y agitanada de la madre de Antioco, con la cara que, al resplandor de las hogueras, parecía de cobre, miraba sonriendo la escena; los niños, despiertos, en brazos de las madres, se retorcían un poco asustados, haciendo brillar con sus movimientos los amuletos de coral y de oro, que hasta los más pobres llevaban; y entre el gris ondular de la multitud, el cura, alzándose sobre su caballo, parecía realmente un pastor en medio de su rebaño.

Un viejo, con la barba blanca, le puso una mano en la rodilla, y con voz conmovida dijo, dirigiéndose a la gente: – Gente: este es verdaderamente un hombre de Dios.

– Entonces, beba y haga aumentar el vino – gritó el dueño del caballo, tendiendo el vaso.

Paulo lo cogió y acercó en seguida a los labios. Debajo, sin embargo, los dientes le temblaban, y el vino rojizo, al reflejo del fuego, le pareció sangre.

De nuevo estaba sentado ante su mesa, en el pequeño comedor, iluminado por un candil de aceite. La luna, grande y dorada, subía por el cielo pálido, sobre el ribazo, que, a través de la ventana, parecía un monte.

Hasta aquel momento, algunos campesinos – el viejo de la barba blanca, el dueño del caballo y otros – se habían quedado, invitados por él, a hacerle compañía. Bebían y bromeaban, contando historias de caza. El viejo de la barba blanca, cazador también, criticaba al Rey Nicodemo, porque, decía, el viejo solitario no cazaba según la ley de Dios.

– No es por ofenderlo en su última hora: pero la verdad, les diré que cazaba únicamente para especular. Este invierno pasado, solo de las pieles de marta, ha sacado miles de liras. Y Dios permite que se maten las bestias, pero no que se destruyan. El las cazaba incluso con trampa, y esto no está permitido, porque las bestias sufren como nosotros, y deben de ser terribles las horas que pasan en los cepos. Una vez he visto, con mis propios ojos, una trampa en la que una liebre había dejado una pata. ¿Comprenden? La liebre atrapada se había comido la carne de la pierna y se la había arrancado para poderse salvar. Y luego, ¿qué hacía del dinero Nicodemo? Lo escondía. Ahora su nieto se lo beberá en pocos días.

– El dinero se ha hecho para gastarlo – dijo el dueño del caballo, que era un hombre vanidoso. – Yo, por ejemplo, siempre lo he gastado, con tal de divertirme, sin perjudicar a nadie. Una vez, en nuestra fiesta, no sabiendo qué hacer, paré a un vendedor de cedazos que pasaba cargado con la mercancía, le compré todos los cedazos y los eché a rodar por la plaza, corriendo yo detrás de ellos, empujándolos con el pie. En un instante, todo el mundo me siguió, riendo y gritando. Y los chicos y los jóvenes, y hasta algún hombre serio, se pusieron a imitarme. Fue un juego del que todavía todos se acuerdan. Cada vez que el antiguo párroco me veía, me gritaba, desde lejos: «¡Qué. Pasquale Masia! ¿no hay un cedazo que hacer rodar?».

Los invitados se reían; solo el cura parecía distraído, y estaba pálido y cansado. Y el viejo de la barba blanca, que le observaba con veneración, hizo señas a sus compañeros para que se fueran. Había llegado el momento de dejar en su santa soledad, para que gozara de un merecido descanso, al siervo de Dios.

Los invitados se levantaron, todos a la vez, retrocedieron un poco para saludar. Luego, se encontró solo, entre la llamita temblorosa del candil, y la luna, que miraba por la ventana. Fuera, el ruido de los zapatos herrados de los hombres que se alejaban resonaba en el empedrado de la solitaria calle.

Era pronto para irse a la cama, y, aunque se sentía todo dolorido, con el cuello roto por el cansancio, como si durante todo el día hubiese llevado un yugo, no pensaba ni remotamente en subir a su habitación.

Su madre estaba todavía en la cocina. El no la veía, pero sentía que velaba *como la noche anterior.*

¡Como la noche anterior! Le pareció que había dormido mucho y que se despertaba de improviso y que el ansia de volver a casa de Agnese, los pensamientos de la noche, la carta, la misa, la ida a la meseta, la manifestación de los lugareños, todo hubiese sido un sueño. La vida recomenzaba ahora: salía...; dos pasos, diez pasos..., abría la puerta, volvía a casa de Agnese... La verdadera vida recomenzaba.

"Sin embargo, tal vez no me espera. No me esperará nunca más."

Entonces sintió que las rodillas se le ablandaban, se le doblaban. De nuevo le asaltaba el terror; pero no ya al pensar en volver a su casa, sino al pensar que ella hubiera aceptado ya el destino y comenzara a olvidarle.

Y se dio cuenta de que, en lo más hondo de su corazón, la pena mayor, después de su regreso de la meseta, había sido esta: no saber nada de ella, su silencio, su desaparición.

Esta era la verdadera muerte: que ella cesara de amarle.

Ocultó la cara entre las manos, procuró *verla* y comenzó a reprocharle todas las cosas que ella hubiera tenido que reprocharle a él.

"Agnese: no puedes olvidar tus promesas. ¿Cómo, cómo puedes olvidarlas? Tú me apretabas las muñecas con tus manos fuertes, y me decías: «Estamos atados para la vida y para la muerte». ¿Es posible que lo olvides? Tú decías: «¿Sabes, sabes...?»".

Se pasó un dedo por la nuca, alrededor del cuello: le parecía que se ahogaba.

"El Demonio me ha cogido en su trampa."

Y pensó en la liebre que se había roído la pata.

Respiró profundamente. Se levantó, cogió el candil, y quería forzar su voluntad, roerse también la carne con tal de liberarse. Decidió subir a su habitación. Pero, al moverse, vio a su madre sentada en la cocina, en su sitio acostumbrado, y, a su lado, a Antioco, que se había dormido. Se acercó a la puerta.

– ¿Qué hace aquí todavía ese muchacho?

La madre se volvió titubeando; hubiera querido no hablar, esconder a Antioco bajo sus faldas, para que Paulo no se entretuviera, para que Paulo se retirara a su habitación. Ahora tenía una firme fe en él; pero también pensaba en el Demonio y en sus trampas.

Antíoco se había despertado y recordaba bien por qué, a pesar de las invitaciones de la mujer para que se fuera, estaba allí.

– Estaba aquí porque mi madre espera su visita.

– Pero ¿es esta hora de visitas? – protestó la madre. – Anda, ve, dile que Paulo está cansado y que irá mañana.

Hablando al muchacho, miraba al hijo, y le veía contemplar fijamente el candil, con ojos vidriosos; pero sus pestañas se movían, como las alas de las mariposas nocturnas junto a la luz.

Antioco se levantó con aire desolado.

– Es que mi madre le espera. Y cree que es cosa grave.

– Si fuese algo grave, se lo hubiera dicho en seguida. Vamos, vete..

La voz de la madre era áspera, y Paulo levantó los ojos, que de repente se habían vuelto otra vez ardientes. Sentía el miedo de la madre a que saliera. Una sorda irritación se apoderó de él.

Dejó el candil en la mesa, con fuerza, y llamó a Antioco.

– Vamos a casa de tu madre.

Sin embargo, en el pasillo, se volvió y añadió: – Vuelvo en seguida, mamá; deje abierto.

Ella no se había movido; mas cuando los dos estuvieron fuera, fue a fisgar por la puerta entornada. Les vio atravesar la plaza, blanca de luna, y entrar en la taberna, iluminada aún. Entonces entró y comenzó a esperar, como la noche anterior.

Se daba cuenta, con asombro, de que no tenía miedo de que el antiguo párroco volviera a aparecérsele: todo había sido un sueño, y, sin embargo, en el fondo, no estaba segura de que el fantasma no volviera y le pidiera cuentas de los calcetines remendados.

– Los he remendado, sí – dijo en voz alta, pensando en la obra realizada por su hijo.

Y sentía que, si el fantasma volvía, sabría enfrentarse con él y llegar a un acuerdo.

No obstante, todo estaba tranquilo bajo el silencio lunar. A través de los vidrios del ventanuco se veían los árboles del ribazo, que brillaban como si cada hoja emitiera una chispa de plata. El cielo parecía de leche, y el olor de las hierbas aromáticas penetraba en la casa. También ella estaba tranquila, y, sabía por qué, al pensar que su Paulo podía volver a ser sometido por el pecado, no experimentaba ningún terror. Veía todavía sus pestañas agitarse como las de un niño a punto de llorar, y su corazón de madre se derretía de piedad.

"¿Por qué, Señor, por qué?"

No se atrevía a terminar su pregunta; pero la pregunta estaba en el fondo de su corazón, como una piedra en el fondo del pozo. ¿Por qué, Señor, Paulo no podía amar a una mujer? Todos pueden amar, hasta los criados y los pastores, hasta los ciegos y los condenados a presidio... ¿Por qué su Paulo, su criatura, solo él, no podía amar?

De nuevo, sin embargo, la envolvió la sensación de la realidad. Recordó las palabras de Antíoco, y sintió vergüenza de haber sido menos sabia que el muchacho.

«Ellos mismos, los curas más jóvenes, habían pedido vivir libres y castos, lejos de la mujer.»

Y su Paulo era fuerte, no era menos que sus antiguos predecesores. El no lloraría, no; sus párpados se cerrarían, secos como los de los muertos. Paulo era fuerte.

"Soy yo, que chocheo."

Sí; le parecía haber envejecido veinte años durante aquel largo día de emociones: cada hora le había dado un golpe en los riñones; cada minuto le había pulido el alma, como el cincel del picapedrero pulía las piedras ásperas, allá, detrás del ribazo.

Muchas cosas se le aparecían claras, distintas del día anterior; de cuando en cuando veía la imagen de Agnese, que le miraba orgullosa. escondiendo dentro de sí todos sus sentimientos.

"También ella es fuerte y sabrá esconderlo todo."

Lentamente cubrió el fuego, con cuidado, para que ni siquiera una chispa pudiera salir de las cenizas y prender en algún objeto próximo. Luego fue a cerrar la puerta, ya que sabía que Paulo llevaba siempre la llave. Pisaba fuerte, como para que él la oyera, aunque estuviese lejos, dándole a entender, con sus pasos seguros, su seguridad interior.

Y, no obstante, sentía perfectamente que esta seguridad, en el fondo, no era muy sólida; pero ¿qué hay de sólido en nuestra vida, Dios mío? Ni siquiera las raíces de los montes, ni siquiera los cimientos de las iglesias, ya que un temblor de la tierra puede derrumbarlos. Así estaba ella segura ahora de su Paulo y segura de sí misma, mas con el temor trepidante de lo desconocido que puede sobrevenir. Y se dejó caer en su silla, dentro de su habitación, pensando que tal vez hubiera sido mejor dejar la puerta abierta.

Luego se levantó y comenzó a desatarse el cordón del delantal; pero el nudo se había enredado de tal manera, que acabó por irritarse.

Tenía que cortar el cordón, y dio un paso para buscar las tijeras en su cesto de labor. En el cesto de la labor se había tumbado un gatito, y, a su contacto, los ovillos se habían calentado; también las tijeras estaban calientes, y ella las sintió como si estuvieran vivas entre sus dedos, pero en seguida las dejó otra vez: no, no quería cortar el nudo. Y se acercó a la luz y tiró del nudo del delantal hacia adelante, y a fuerza de paciencia consiguió deshacerlo. Dio un suspiro, y luego siguió quitándose lentamente los vestidos, doblándolos con cuidado en la silla, después de haber sacado del bolsillo de la falda las llaves y de haberlas puesto en fila, como una buena familia en reposo, encima de la mesilla de noche. Así le habían enseñado sus dueños: orden y más orden, y ella obedecía todavía los antiguos mandatos.

Volvió a sentarse, con la camisa corta sobre las piernas, que parecían de madera, y bostezó: bostezos de cansancio y de resignación.

No; que vuelva, y que en la puerta cerrada lea la plena confianza de su madre. Había que conquistarlo así, con la plena confianza. Y, a pesar de todo, ella aguzaba el oído, de manera distinta que la noche anterior, pero aguzaba el oído.

Dejó caer los zapatos y los acercó uno a otro, como buenos hermanos que tienen que hacerse compañía durante la noche, y seguía rezando y bostezando: bostezos de cansancio y de resignación, pero también de nerviosismo.

¿Qué había ido a decir a la madre de Antioco? La mujer no gozaba de muy buena reputación: era usurera y, se decía, alcahueta. No; sopló la vela, apretó el pabilo con los dedos mojados en saliva y subió a la cama; pero no pudo tumbarse.

Le pareció oír pasos en la habitación. ¿Era el fantasma que volvía? Un miedo espantoso a que subiera a la cama y la poseyera le oscureció la mente: la sangre se le heló en las venas, luego afluyó a su corazón, como una multitud revolucionada por las calles de una ciudad afluye a la plaza. Al cabo de unos instantes se recobró, se avergonzó de su miedo, producto, sin duda, de las impuras dudas que ella tenía sobre su Paulo...

No; no quería, no quería volver a investigar sus más pequeñas acciones. Tenía que estarse quieta, así, en su habitación de criada.

Se acostó, se tapó; se tapó hasta las orejas, para no oír si él volvía o no, pero dentro *oía* igualmente; oía que no volvía, que alguien se lo había llevado contra su voluntad, como uno al que arrastran de mala gana, al baile.

Sin embargo, estaba segura de él: más pronto o más tarde, él sabría liberarse, y, por otra parte, ella estaba allí bajo las sábanas, pero no dormía, y tenía la impresión de palpar todavía el nudo intrincado de su delantal, decidida a deshacerlo.

Luego, el zumbido de las orejas tapadas le parecía el murmullo de la muchedumbre, abajo en la plaza, y más lejos todavía: un murmullo de gente que se lamentaba, pero que, además, reía, cantaba y bailaba. Su Paulo estaba en medio. Y arriba, en un lugar alto, alguien tocaba dulcemente la guitarra. Tal vez Dios, sobre el baile de los hombres.

La madre de Antioco había pensado durante todo el día en la finalidad que podía tener la anunciada visita del cura; pero procuraba no demostrar esperarla. Tal vez pretendía hacerle alguna observación por la usura y los otros menesteres que ella ejercía, y porque prestaba, con finalidades puramente medicinales, pero siempre mediante una pequeña compensación, ciertas reliquias antiquísimas, heredadas de la familia de su marido. O tal vez quería un prestamo, para él o para otros. De todas maneras, al irse el último parroquiano, se acercó a la puerta, con las manos metidas en los bolsillos, pesados por las monedas de cobre, y miró si al menos Antíoco volvía. Volvía acompañado del cura. Helos que atraviesan la plaza, negros bajo la luna.

Ella fingió estar bajando la puerta, y cerró, en efecto, la mitad, inclinándose para cerrarla con el pestillo. Era de movimientos ágiles, aunque corpulenta; con la cabeza, al contrario que sus paisanas, pequeña, pero aumentada por un gran moño de trenzas negras.

Al acercarse el cura, se atiesó y le saludó con dignidad, mirándole, sin embargo, a los ojos con los suyos negros, lánguidos y ardientes; luego le rogó que entrara a la habitación interior, mientras Antioco le suplicaba con la mirada que insistiera en la invitación.

El cura, a pesar de ello, dijo bonachonamente: – Quedémonos aquí, quedémonos aquí – y se sentó ante una de las largas mesas de la taberna, negras de vino.

Antioco, resignado, se quedó en pie cerca de él, volviendo a ambos lados su ágil cabeza para ver si, por lo menos, todo estaba en orden, temiendo que llegara algún parroquiano.

No llegaba ninguno y todo estaba en orden. La sombra grande de su madre cubría la estantería llena de botellas de licor, verdes, rojas y amarillas, colocadas detrás del pequeño mostrador, mientras que la luz de la lámpara de petróleo caía crudamente sobre las pequeñas botas negras, que parecían estar apoyadas contra la pared opuesta. Por otra parte, no había más que la mesa ante la que estaba sentado el cura y otra mesa solitaria, y, en la puerta, colgado del arco, un ramo de retama, que servía para la doble finalidad de avisar a los que pasaban de que aquella puerta era una taberna, y de atraer a las moscas.

Durante todo el día, Antioco había esperado aquel momento: le parecía que tenía que descubrirse un misterio. Tenía miedo de que alguien llegara, de que su madre hiciera mal papel. Hubiera querido que se mostrara más humilde, más maleable ante el cura; en cambio, ella había ocupado de nuevo su sitio en el mostrador y parecía una reina en su trono, como si ignorara que aquel hombre sentado como un simple cliente a la mesa de la taberna era un santo que hacía milagros, y ni siquiera le estaba reconocida por la gran venta de vino que aquel día le había proporcionado.

Pero, finalmente, él hablaba: – Yo deseaba ver, además, a su marido – comenzó Paulo, con los codos sobre la mesa, uniendo las puntas de los dedos, un poco abiertos, entre los cuales miraba. – Pero Antioco me dice que no volverá hasta el domingo próximo.

La mujer hizo un leve ademán con la cabeza.

– Volverá el próximo domingo, sí. Pero, si quiere, puedo irle a llamar – propuso una vez más Antioco, con un ímpetu del que nadie hizo caso.

– Se trata del muchacho. Ha llegado el momento en que tienen que pensar seriamente en él. Ahora ya comienza a ser mayorcito: es preciso enseñarle un oficio, o, si quieren, hacerle sacerdote. Hay que pensar seriamente en la responsabilidad que asumen.

Antioco abrió los labios; pero, como la madre comenzaba a hablar, se volvió hacia ella y la escuchó en silencio, aunque con la sombra de la desaprobación en su rostro turbado.

La mujer aprovechaba la ocasión para alabar a su marido, como solía hacer siempre, para excusarse, además, de haberse casado con un hombre mucho mayor que ella.

– Mi Martino, su señoría lo sabe, es el hombre de más conciencia del mundo: buen marido y buen padre, y trabajador, además, como nadie. ¿Quién de nuestros paisanos trabaja como él? Dígamelo su señoría, que sabe cuánta hambre hay por el pueblo a causa de la holgazanería de los habitantes. Por tanto, decía, si Antioco quiere elegir un oficio, solo tiene que seguir a su padre: este es el mejor oficio para él. El muchacho es libre, y, aunque no quisiera hacer nada, no lo digo por vanidad, viviría sin tener que robar. Pero si quiere un oficio que no sea el de su padre, que elija: si quiere ser carbonero, carbonero; si quiere ser carpintero, carpintero; si quiere ser labrador, labrador.

– Yo quiero ser cura – dijo el muchacho, con los labios temblorosos y los ojos brillantes de deseo.

– Pues bien; sé cura.

Y su destino pareció decidido.

El cura dejó caer las manos sobre la mesa, como dos hojas blancas; levantó la cabeza y volvió a bajarla.

De repente, le pareció ridículo ocuparse de los demás. ¿Cómo podía resolver el problema del porvenir de Antíoco si no lograba resolver ni siquiera el suyo?

El muchacho estaba allí, delante de él, tenso, ardiente, como el hierro al rojo que espera el golpe del martillo para recibir de él forma: cada palabra podía beneficiarle; cada palabra podía perjudicarle.

Y Paulo le miró casi con envidia, y, en el fondo de su conciencia, aprobó a aquella madre que dejaba libre a su hijo para que se entregara a su instinto.

– El instinto no nos engaña nunca – dijo, prosiguiendo en voz baja sus pensamientos. – Pero tú, Antioco, dime ahora, delante de tu madre: ¿por qué quieres ser cura? No es un oficio ser cura, no es hacer de carbonero o de carpintero. Ahora te puede parecer una cosa fácil, cómoda; pero ya verás cómo luego es muy difícil. Los goces y las diversiones permitidos a los demás hombres, están prohibidos para nosotros. Nuestra vida, si queremos verdaderamente servir al Señor, es un continuo sacrificio.

– Lo sé – dijo, con simplicidad, el muchacho. – Yo quiero servir al Señor.

Y miró a su madre, porque tenía un poco de vergüenza de demostrar todo su entusiasmo delante de ella; pero ella estaba allí, tranquila y fría, en su mostrador, como cuando servía a los parroquianos, y prosiguió: – Mi padre y mi madre se alegran de que yo sea cura, ¿por qué no he de serlo? Algunas veces, ahora, soy atolondrado, porque soy aún un niño; pero desde ahora en adelante seré más serio y cuidadoso.

– No es eso, Antíoco. Tú eres incluso demasiado serio y cuidadoso. A tu edad hay que ser despreocupado, alegre. Estudiar y prepararse para la vida, sí; pero también ser muchacho.

– ¿Y no soy un muchacho yo? Yo juego; lo que pasa es que usted no me ve cuando juego. Pero luego, si no tengo ganas, ¿por qué he de jugar? Me divierto de muchas maneras: cuando toco las campanas, ¡me gusta tanto! Me parece que soy un pájaro en el campanario. Y hoy, ¿no me he divertido? Me gustaba llevar la cajita, me gustaba caminar hacia arriba, entre las piedras. He llegado antes que usted, que, sin embargo, iba a caballo. Me gustaba tanto cuando hemos vuelto, y me ha gustado tanto, hoy – añadió, bajando la cabeza –, cuando usted ha sacado los demonios del cuerpo de Nina Masia.

El cura sonrió, a pesar suyo.

– ¿Tú crees en eso? – preguntó, a media voz.

Y vio los ojos del muchacho que se abrían tan brillantes de asombro y de fe, que bajó los suyos para esconder la oscura sombra de su alma.

– Es que…, es que cuando se es muchacho se piensa de un modo, y todo parece hermoso y grande – reanudó, turbado; – pero luego, con la edad, las cosas cambian de aspecto. Hay que considerar bien una cosa antes de hacerla, para luego no arrepentirse.

– No, no me arrepentiré, le digo. ¿Usted se ha arrepentido? No. Yo tampoco me arrepentiré.

Paulo levantó los ojos: de nuevo le pareció tener entre las manos el alma del muchacho, como si fuera de cera, y que la podía deformar con pocos toques: de nuevo tuvo miedo, y calló.

La mujer, desde su mostrador, escuchaba tranquila. Sin embargo, las palabras del cura comenzaban a producirle un cierto malestar. Abrió el cajón que tenía delante, donde guardaba el dinero y los anillos, los dijes, las agujas y los nácares que las mujeres le entregaban en prenda de pequeños prestamos, y en los escondrijos más oscuros de su mente relampaguearon malos pensamientos, como aquellos tristes objetos en el fondo de su cajón.

"El cura tiene miedo de que Antioco llegue a tiempo de quitarle la parroquia, – pensaba – o bien tiene necesidad de dinero y desahoga primero su mal humor. Ahora me pedirá un prestamo."

Cerró despacio el cajón, y asumió de nuevo su tranquila actitud: estaba acostumbrada a callar, a no tomar parte nunca, ni siquiera cuando le interrogaban, en las discusiones de sus parroquianos, sobre todo cuando jugaban a las cartas. Así, dejó que su pequeño Antioco discutiera solo con su adversario.

– ¿Cómo si lo creo? ¿No estaba endemoniada Nina Masia? Yo mismo sentía el Demonio que temblaba dentro de ella, come un lobo dentro de una jaula. Y solo las palabras del Evangelio, dichas por usted, la han liberado.

– Es verdad: la palabra de Dios lo puede todo – admitió el cura. Y, de repente, se levantó.

¿Se quería ir? Antíoco le miró asustado.

– ¿Se va ya? – preguntó.

¿Esta era la famosa visita? Corrió hacia el mostrador e hizo un gesto desesperado a su madre, y ella se volvió y cogió una botella de la estantería. También estaba desilusionada: esperaba poder prestar dinero al párroco, aunque fuera con un pequeño interés, y así legitimar su usura de alguna manera ante Dios. En cambio, el párroco había venido simplemente para decirle a Antíoco que el oficio de cura no era el mismo que el de carpintero. De todas maneras, había que honrarle.

– Señor párroco, ¡no se va a ir así! Acepte alguna cosa; es vino viejo, del otro siglo.

Antioco tenía ya en la mano la bandeja con una copa de cristal.

– Poco, poco.

La mujer vertía el vino, inclinada sobre el mostrador, vigilando para no perder ni una gota. Paulo levantó la copa, dentro de la cual el vino olía como una rosa roja, y antes se lo dio a probar al muchacho, luego se lo acercó a los labios.

– Entonces, ¡bebamos por el futuro párroco de Aar! – dijo.

Y Antioco tuvo que apoyarse en el mostrador, porque las rodillas se le doblaban: fue el momento más feliz de su vida.

En su alegría, mientras la madre se volvía para dejar la preciosa botella en la estantería, no advirtió que el cura palidecía, con los ojos fijos fuera de la puerta, como si viera un fantasma.

Una figura negra corría silenciosa a través de la plaza, llegó hasta la puerta de la taberna, miró dentro con sus ojos negros abiertos y entró jadeando.

Era una criada de Agnese.

El cura, instintivamente, se retiró al fondo de la taberna, procurando esconderse; volvió hacia adelante, como si alguien le hubiera dado un empujón, y le pareció girar sobre sí mismo, como una peonza. Recordó que no estaba solo y que podían observarle, y se detuvo.

Pero no quería oír las palabras que la criada decía a la mujer, que la escuchaba desde el mostrador. solo deseaba huir, salvarse. El corazón había dejado de latirle. Toda la sangre se le había subido a la cabeza y le zumbaba en los oídos. Sin embargo, las palabras de la criada le llegaban igualmente hasta lo más hondo del alma.

– Se ha caído. Le ha salido mucha sangre por la nariz; pero tanta, que parece que se haya roto algo dentro de la cabeza. Y la sangre sigue. Déme las llaves de Santa María Egipcíaca, que son las únicas que la pueden parar.

Antioco, que escuchaba con la bandeja y la copa todavía en la mano, corrió a coger las llaves de una antigua iglesuca destruida, que, realmente, puestas en la nuca de quien sufría una hemorragia por la nariz, tenían la virtud de contener la sangre.

"Es una comedia – pensaba Paulo. – Nada es verdad. Ha mandado a la criada para que me espiara y procurara atraerme a su casa; a lo mejor están de acuerdo con esa alcahueta."

Y, sin embargo, dentro, muy dentro, el tumulto de todo su ser aumentaba. No; la criada no mentía: Agnese era demasiado orgullosa para confiarse con nadie, y mucho menos con sus criadas. Agnese estaba mal de verdad. Le parecía verla con su dulce rostro ensangrentado. Y era él quien la había golpeado. «Parece que se haya roto algo dentro de la cabeza.»

Vio los ojos oblicuos de la mujer del mostrador que se levantaban rápidamente hacia él, con una mirada de sorpresa por su indiferencia.

– Pero ¿cómo ha sido? – preguntó entonces Paulo a la criada, despacio, como procurando ocultarse a sí mismo su premura.

La criada se volvió hacia él, con su cara morena, dura, angulosa, que sobresalía igual que un escollo, contra el cual Paulo tenía miedo de chocar.

– Yo no estaba en casa cuando se ha caído. Ha sido esta mañana, mientras yo estaba en la fuente. Al regresar, la he encontrado ya mal; había tropezado con el escalón de la puerta y le salía sangre de la nariz. Más que nada parecía asustada. Luego la sangre ha parado. Sin embargo, durante todo el día ha estado pálida y no ha querido comer. Esta noche la sangre ha vuelto a salirle de la nariz, y no solamente eso, sino que le ha dado una especie de ataque. Ahora la he dejado fría, rígida, con la sangre que sigue saliendo. Estoy preocupada – repitió, envolviendo en el delantal las llaves que Antioco había sacado; en casa solo somos mujeres.

Mientras tanto, se iba, sin dejar de mirarle, como si quisiera arrastrarle con la fuerza de su mirada.

Y la mujer sentada detrás del mostrador dijo, con su voz fría:
– ¿Por qué no va a verla, señor párroco?

Él se retorcía las manos sin darse cuenta.

– No sé..., a estas horas...

– ¡Venga, venga! Mi señorita se alegrará y se animará si usted viene.

"Es el Demonio quien habla por tu boca", pensaba él.

Pero, entretanto, la seguía, inconscientemente. Había agarrado por un hombro a Antioco y lo arrastraba a su lado, como un bastón. Y el muchacho iba con él, como una tabla sobre las olas; así llegaron hasta la plaza, y luego hasta la parroquia. La criada corría delante, volviéndose de cuando en cuando, con el blanco de los ojos brillante bajo la luna. Tan negra, con la cara oscura como una máscara, tenía realmente algo de diabólico, y Paulo la seguía con una vaga sensación de miedo. Y le parecía andar apoyado en Antioco, como Tobías ciego.

Pero al pasar junto a su puerta, se dio cuenta, porque, además, el muchacho intentó empujarla, de que la madre había cerrado. Se detuvo de golpe y se separó de su compañero.

"Mi madre ha cerrado porque sabía que no mantendría mi palabra", pensó.

– Antioco – le dijo al muchacho, – vuelve a tu casa, anda.

La criada se paró, volvió a andar, volvió a detenerse, vio que el muchacho se iba hacia su casa y que el cura metía la llave en la cerradura de su puerta, y entonces volvió atrás, hasta él.

– No voy – dijo Paulo, volviéndose, casi amenazador, y la miró bien a la cara, como si quisiera reconocerla a través de su máscara; – si tenéis absoluta necesidad, ¿comprendes?, absoluta necesidad, vuelve, si quieres, a llamarme.

Ella se fue, sin decir palabra, y él se quedó delante de su puerta, con la mano en la llave, como si esta no quisiera girar. No podía, no podía entrar, y tampoco podía seguir caminando hacia donde iba antes. Durante unos instantes tuvo la sensación de que tenía que quedarse así para toda la eternidad, delante de una puerta cerrada de la que, sin embargo, tenía la llave.

Antioco, mientras tanto, había regresado a su casa. Su madre cerró la puerta, y él lavó y arregló los vasos, y el primero que lavó, con el agua bien limpia, fue aquel donde él había bebido. Lo secó cuidadosamente, pasando bien por dentro el pulgar con un trapo blanco; luego lo miró al trasluz con un solo ojo; parecía de diamante. Y lo escondió en un escondrijo, con veneración, como el cáliz de la misa.

Paulo había entrado también en su casa, y subía a tientas por la escalera oscura, y tenía un recuerdo confuso de cuando niño subía así, a tientas y a gatas, por una escalera que, sin embargo, no recordaba bien dónde estaba.

Como entonces, tenía la impresión de un peligro, que solo estando muy alerta se podía evitar. Llegó al rellano. Llegó a su puerta. Estaba a salvo. Pero delante de su puerta vaciló nuevamente antes de abrir, y, de repente, se volvió y llamó levemente, con el nudillo del índice, en la puerta de su madre. Luego, sin esperar contestación, entró.

– Soy yo – dijo, duramente; – no encienda. Tengo que decirle una cosa.

La oía removerse en la cama, cuyo jergón crujía; pero no la veía, no quería verla. Quería solamente que sus dos almas se hablaran en las tinieblas, como si ya no estuvieran en este mundo.

– ¿Eres tú? Estaba soñando – dijo ella, con voz soñolienta, y, sin embargo, asustada. – Un baile..., había alguien que tocaba la guitarra.

– Mamá, – reanudó él, sin hacer caso de sus palabras, – escuche. Aquella mujer, Agnese, está mal. Desde esta mañana no está bien; se ha caído, parece ser que se ha roto algo dentro de la cabeza. Le sale sangre por la nariz.

– ¿Qué dices, Paulo? ¿Hay peligro?

La voz, en la oscuridad, sonaba alarmada, y, al mismo tiempo, incrédula. Paulo proseguía, imitando a su vez la voz jadeante de la criada: – Ha sido esta mañana, después de la carta. Luego, durante todo el día, ha estado pálida, sin querer comer. Y esta noche el mal ha vuelto, tiene ataques.

Sabía que exageraba, y se interrumpió. La madre callaba. Por un momento, en aquella oscuridad, en aquel silencio, hubo un misterio de muerte: como si dos enemigos se buscaran en las tinieblas sin lograr encontrarse. Luego, la paja del jergón volvió a crujir: la madre debía de haberse sentado en la cama, porque su clara voz pareció venir de arriba.

– Paulo, ¿quién te ha contado todo eso? Puede no ser verdad.

Y él sintió una vez más que ella era como su conciencia que le hablara; sin embargo, se recobró en seguida.

– Pero puede ser también verdad. Y no es eso solo, mamá. Es que tengo miedo de que cometa alguna locura. Está sola, en manos de criadas. Es necesario que la vea.

– ¡Paulo!

– Es necesario – repitió él, casi gritando.

Pero quería convencerse más a sí mismo que a ella.

– Paulo, me lo has prometido.

– Se lo he prometido, y por eso vengo a avisarla. Le repito que es necesario que vaya: la conciencia me lo impone.

– Dime una cosa, Paulo: ¿estás seguro de haber visto a la criada? La tentación juega malas pasadas. El Demonio se disfraza de muchas maneras.

El no la comprendía bien.

– ¿Cree que estoy mintiendo? He visto a la criada.

– Escucha: también yo, ayer por la noche, vi al antiguo párroco. También hace poco me ha parecido que oía sus pasos. Ayer por la noche – reanudó, en voz baja, – él se sentó a mi lado, delante de la chimenea. Te digo que lo vi de verdad. Iba sin afeitar, y tenía pocos dientes, estropeados de tanto fumar. Y llevaba los calcetines agujereados. Y me dijo: «Estoy vivo y estoy aquí, y pronto os echaré a ti y a tu hijo de este lugar». Y me dijo que tenía que enseñarte el oficio de tu padre, si quería que no cayeras en pecado. Me ha turbado el alma, Paulo, tanto, que ya no sé si está bien o está mal lo que he hecho. Pero estoy convencida de que era el Demonio quien se sentó a mi lado ayer por la noche, el espíritu del mal. La criada que tú has visto podría ser otra forma de la tentación.

Paulo sonreía en la oscuridad, y, sin embargo, veía aún la imagen fantástica de la criada corriendo a través del prado, y, a pesar suyo, experimentaba una sensación de terror.

– Si vas allí, – continuó la voz de la madre – ¿estás seguro de que no volverás a caer? Aunque hayas visto en realidad a la criada y aquella mujer se encuentre de verdad mal, ¿estás seguro de no volver a caer?

Pero en seguida se calló. Le parecía verle pálido en la oscuridad, y tenía piedad de él. ¿Por qué le prohibía volver a casa de aquella mujer? ¿Y si ella se moría de dolor? ¿Y si él mismo se moría de dolor? Y sentía la misma angustiosa incertidumbre que él había sentido por la suerte de Antioco.

– Dios mío – suspiró, y recordó que ya se había confiado a Dios.

solo Él puede resolver nuestros problemas. El corazón le latió con una sensación de alivio, como si ella misma hubiera ya resuelto el problema. ¿Y no lo resolvería, acaso, confiándose a Dios?

Volvió a reclinarse en la cama, pero sin tumbarse, y su voz estuvo de nuevo al nivel de la de su hijo.

– Si la conciencia te imponía ir, ¿por qué no has ido en seguida, sin venir aquí?

– Porque se lo había prometido. Y usted decía que se iría si yo volvía a aquella casa. Se lo he jurado... – dijo Paulo, con tristeza.

Y estuvo a punto de gritar: "¡Madre, oblígueme a mantener el juramento!".

Pero no pudo. Por otra parte, ella le decía: – Entonces, ve. Has lo que la conciencia te manda.

– No se inquiete – dijo él, acercándose hasta la cama.

Y permaneció unos instantes inmóvil. Todo quedó en silencio de nuevo.

Tenía la impresión confusa de estar como delante de un altar, con la madre allí encima, ídolo misterioso, y recordaba que cuando era niño, en el Seminario, le obligaban, después de la confesión, a besarle la mano. Le animaban la misma repugnancia y la misma exaltación de entonces; sentía que si hubiese estado solo, sin ella, habría ya vuelto a casa de Agnese, cansado de todo aquel día de fuga y de lucha. La madre le frenaba, y él no sabía si se lo agradecía o no.

– ¡No se inquiete!

Pero, mientras tanto, deseaba y temía que ella volviera a hablar, o que encendiera la luz para verle los ojos y, al leer en ellos todo su pensamiento, le prohibiera salir.

Ella permaneció quieta, silenciosa. Luego el jergón volvió a crujir; se había tumbado.

Y él se fue.

Pensaba que, después de todo, no era un vil. Iba a casa de Agnese, no inconsciente, no empujado por la pasión, sino porque su conciencia presentía que tal vez había un peligro que conjurar, y la responsabilidad de este peligro era suya.

Volvía a ver, entre el negro plateado de la hierba del prado, el fantasma de la sirvienta que se volvía, le miraba con los ojos brillantes y le decía: «Mi señorita cobrará ánimos, si usted viene».

Y toda su jornada de fuga le parecía ridícula y vil. Su deber era este: ir a su casa, darle ánimos. Se sentía ligero, casi feliz, al atravesar el prado fresco, plateado por la luna; le parecía que era una gran mariposa nocturna atraída por la luz de una vela. Y confundía su alegría de volver a ver dentro de pocos instantes a Agnese con la alegría del deber de ir a salvarla.

Toda la dulzura de la hierba del prado, toda la ternura del claro de luna, le bañaban el alma, se la blanqueaban, se la cubrían de rocío, a través de sus negros vestidos de muerte.

¡Agnese, pequeña ama! Sí, era pequeña, débil como una niña; estaba sola, sin padre, sin madre, en el laberinto de piedras de su oscura casa.

Y él había abusado de ella, la había cogido como a un pajarillo del nido, apretándola hasta exprimir la sangre viva de su cuerpo.

Apresuró el paso. No, no era un vil. Sin embargo, tropezó en el primer escalón de la puerta, y tuvo la impresión de que hasta la piedra del umbral de su casa le rechazaba. Luego subió, subió despacio, levantó el picaporte frío y lo dejó caer tímidamente.

Y se sintió casi humillado porque tardaban en abrir; pero por nada del mundo hubiera llamado otra vez.

Finalmente, la vidriera de encima de la puerta se iluminó, y la criada morena salió a abrirle y le hizo pasar en seguida a la habitación que él conocía tan bien.

Todo estaba como las otras noches, cuando Agnese le hacía entrar furtivamente por el huerto, y la puerta del huerto estaba entornada, y por la rendija penetraba el olor de las plantas bañadas por la luna.

Las cabezas disecadas de los ciervos y de los gamos, en las paredes iluminadas por la luz quieta de la lámpara, parecían estar asomadas para espiar, con sus negros ojos brillantes de vidrio, lo que sucedía en la habitación. La puerta que daba a las estancias interiores estaba insólitamente abierta. La criada se había metido allí, y se oía el pavimento de madera que crujía a su paso. Luego se hizo el silencio. Después, de improviso, una puerta se cerró violentamente, como empujada por el viento. A causa del golpe, el suelo se estremeció, y hasta la casa pareció temblar. Y él experimentó una sensación de angustia al ver inmediatamente después el pálido rostro de Agnese, surcado por las líneas negras de los cabellos en desorden, que emergía de la sombra de las habitaciones oscuras como el de un náufrago.

Pero pronto la luz de la habitación iluminó toda su figura, y él respiró, tranquilizado.

Agnese cerró la puerta tras sí y se apoyó en ella, con la cabeza baja, y a Paulo le pareció que iba a resbalar en el suelo y caerse.

Se le acercó de puntillas, tendió las manos; pero no se atrevió a tocarla.

– ¿Cómo estás? – le preguntó, en voz baja, como en las pasadas citas. – Agnese – añadió, después de un momento de silencio angustioso, ya que ella no le contestaba; pero temblaba de los pies a la cabeza, apoyando las manos, por detrás, en la puerta para sostenerse, – hay que ser fuertes.

Pero, igual que cuando leía el Evangelio sobre la niña endemoniada, percibió el sonido falso de sus palabras, y bajó los ojos, mientras ella levantaba los suyos, extraviados todavía, y, sin embargo, brillantes de enojo y de alegría.

– Entonces, ¿por qué ha venido?

– Me han dicho que no estaba bien.

Ella se enderezó, orgullosa; se apartó con las manos el velo de cabellos de la cara.

– Yo me encuentro bien. No he enviado a nadie a llamarle.

– Lo sé. Y yo he venido: no había ninguna razón para que no viniera. Y me alegro de que su criada haya exagerado y de que usted se encuentre bien.

– No – insistía ella, mientras él hablaba; – yo no le he mandado llamar, y usted no tenía que haber venido. Pero ya que está aquí..., ya que está aquí, quiero preguntarle por qué ha obrado de ese modo. ¿Por qué? ¿Por qué?

Las palabras le salían entrecortadas por los gemidos; volvió a doblarse, buscando con las manos un apoyo, y el tuvo miedo, se arrepintió de haber venido. La cogió de la mano y la condujo al canapé donde se sentaban las otras noches. La hizo sentarse en el rincón donde el peso de las otras mujeres de la familia había formado una especie de hoyo, y él se sentó a su lado; pero le dejó la mano.

Tenía miedo de tocarla: le parecía que era una estatua a la que él había roto y recompuesto, y que estaba allí, intacta en apariencia, pero a punto de caerse al más pequeño golpe. Por esto tenía miedo de tocarla, y pensaba: "Mejor así; estoy a salvo." Pero, en el fondo, sentía que de un momento a otro podía volver a perderse y que era por eso por lo que tenía miedo de tocarla.

Mirándola bien, bajo la luz directa de la lámpara, la veía muy distinta que de costumbre: la boca se le había deshecho, y la piel de los labios, de un color rosa grisáceo, recordaba los pétalos marchitos de las rosas; el óvalo del rostro se había alargado; los pómulos sobresalían bajo las orejas lívidas. En un solo día, el dolor la había envejecido veinte años; pero todavía había algo infantil en la expresión de su boca temblorosa, sobre los dientes apretados para contener el llanto, y en sus pequeñas manos, una de las cuales, abandonada dolorosamente sobre la tela oscura del canapé, atraía la suya. Y él sentía rabia por no poder coger aquella pequeña mano triste y por no poder reanudar en seguida la rota cadena de sus vidas.

Recordaba las palabras del endemoniado a Cristo: «¿Qué hay entre tú y yo?».

Y volvió a hablar, oprimiéndose las manos una con otra, como para impedirles que cogieran la de Agnese; pero seguía percibiendo el sonido falso de sus palabras, y, como aquella mañana en la iglesia al leer el Evangelio, y al administrar el Viático al cazador, sabía que mentía.

— Agnese, escúcheme. Ayer por la noche estábamos al borde del precipicio. Dios nos había abandonado a nosotros mismos, y nosotros nos dejábamos caer por el abismo. Pero ahora Dios ha vuelto a cogernos de la mano y nos guía. Hay que quedarse arriba,

Agnese. Agnese – repitió, pronunciando con intensidad su nombre, – ¿crees que no sufro? Me parece que estoy enterrado vivo y que mi suplicio tiene que durar toda la eternidad; pero es necesario que sea así, por tu bien, por tu salvación. Escúchame, Agnese: sé fuerte. Por el mismo amor que nos ha unido, por el mismo bien que Dios nos hace al someternos a esta prueba. Tú me olvidarás, sanarás, eres muy joven; la vida está todavía intacta delante de ti, y, al recordarme, te parecerá que has tenido una pesadilla, que te has perdido en el valle y has encontrado a un ser malo que quería perjudicarte. Pero Dios te ha salvado, porque merecías ser salvada. Ahora todo te parece negro; mas, dentro de poco, ya verás cómo todo volverá a ser claro, y sabrás todo el bien que te hago ahora, causándote un poco de dolor momentáneo, como se hace con los enfermos con quienes es preciso ser cruel...

No prosiguió, vencido por una sensación de hielo. Agnese se había reanimado otra vez, se había incorporado rígidamente en su rincón y le miraba fijamente, con los ojos un poco vidriosos, como los de los gamos de la pared. Y él recordaba los ojos de las mujeres en la iglesia cuando él pronunciaba el sermón.

Agnese pareció esperar que continuara, y en su actitud había paciencia y mansedumbre, prontas a desaparecer, sin embargo, al más pequeño golpe. En efecto, ya que él no proseguía, Agnese dijo, en voz baja, moviendo la cabeza negativamente: – No, no; la verdad no es esta.

Y él se inclinó hacia ella con expresión ansiosa.

– ¿Cuál es, pues, la verdad?

– ¿Por qué no hablabas así ayer por la noche? ¿Y las otras noches? Porque la verdad, entonces, era otra. Ahora, alguien te ha descubierto, tal vez tu propia madre, y tú tienes miedo del mundo. No es el miedo a Dios el que te induce a dejarme.

Paulo sintió ganas de gritar, de pegarle; le cogió la mano y le retorció un poco su delgada muñeca; así hubiera querido retorcer y cortar sus palabras. Luego se echó atrás y se levantó.

– Como quieras. ¿Te parece poco? Sí; mi madre se ha dado cuenta de todo, y me ha hablado como si fuera mi conciencia. Y tú, y tú, ¿no tienes conciencia? ¿Te parece justo que debamos hacer mal a quien vive solamente para nosotros? Tú querías que nos escapáramos, que viviéramos juntos, y eso sería justo si no pudiéramos renunciar a amarnos. Pero, como existen criaturas a las que nuestra fuga y nuestro pecado matarían, es preciso sacrificarse por ellas.

Mas ella parecía escuchar solamente alguna palabra suelta; y seguía diciendo que no con la cabeza.

– ¿Conciencia? Claro que la tengo también yo: ya no soy una niña, y mi conciencia me dice que he hecho mal en escucharte, y en admitirte aquí dentro. Pero ahora ¿qué hago? Ahora es demasiado tarde. ¿Por qué no te ha iluminado Dios antes? ¿He ido tal vez yo a tu casa? Has sido tú quien has venido a la mía, y me has atrapado como a una niña. Y ahora, ¿qué tengo que hacer? Dime tú lo que tengo que hacer. Yo no puedo olvidarte, no puedo cambiarme como te cambias tú. Yo quiero irme también, aunque tú no vengas; quiero intentar olvidarte. Quiero irme..., o bien...

– O bien... ¿qué?

Agnese no contestó; se agazapó en su rincón y se estremeció. Debió de rozarla algo tenebroso, el ala negra de la locura; porque los ojos se le empañaron y con la mano hizo un gesto instintivo, como para arrojar de delante una sombra; y él volvió a inclinarse hacia ella, casi a gatas en el canapé, y arrancó los hilos de la vieja tela con la impresión de arañar una pared que se levantaba ante él y que le ahogaba.

Ya no podía hablar. Sí; tenía razón ella: la verdad no era la que él intentaba decir. La verdad era aquel muro que le ahogaba y que él no sabía derribar. Dio un salto, presa de una sensación real de ahogo.

Fue entonces ella quien le cogió la mano y le apretó los dedos con los suyos, que se habían convertido en garfios.

– Dios, – murmuró, mientras con la otra mano se cubría los ojos – Dios, si existe, no debía permitir que nos encontráramos, si era para separarnos. Y si tú has vuelto esta noche, es que me sigues queriendo. ¿Crees que no lo sé? Lo sé, lo sé. La verdad es ésa.

Y levantó los ojos hacia él, con la boca temblorosa, las pestañas entre los dedos, agitándose perladas de lágrimas. El vio como un remolino de agua profunda, que le deslumbraba y atraía, en aquel rostro que ya no era el rostro de una mujer, ni el de Agnese, sino el rostro del mismo amor; y cayó junto a ella y la besó en la boca.

Y le pareció que de verdad caía lentamente, arrastrado por un remolino, en una profundidad de agua luminosa, en un lugar submarino vertiginoso de iridiscencias.

Luego volvió a flote, separándose de la boca de Agnese, y se encontró como un náufrago en la arena: truncado, lleno de terror y de alegría, pero más de terror que de alegría.

Y el encanto que le había parecido roto para siempre, y por eso más bello, recomenzó.

Sintió de nuevo el soplo de la voz de Agnese.

– ¿Sabes, sabes?..., yo sabía que volverías...

No quiso oír más, como en la casa de Antioco, cuando hablaba la criada. Le puso una mano en la boca, mientras ella reclinaba la cabeza en el hombro; y luego le acarició levemente los cabellos, que el reflejo de la lámpara doraba. Tan pequeña, tan abandonada, tenía la fuerza terrible de arrastrarlo al fondo del mar, de elevarle al abismo del cielo, de hacer de él un ser sin voluntad. Mientras él huía por el valle y por la meseta, ella, encerrada en su cárcel, le esperaba y sabía que volvería.

– ¿Sabes, sabes?...

Ella intentaba seguir hablando; el aliento de su boca le rodeaba el cuello, como un lazo. El volvió a ponerle la mano en la boca, y ella, con la suya, se la oprimió fuertemente. Permanecieron así, en silencio, esperando. Luego él se recobró, intentó volver a ser dueño de su destino. Sí, había vuelto; mas no ya como ella le esperaba. Y seguía mirando sus cabellos dorados, pero como una cosa lejana, como el temblor resplandeciente del mar del que se había salvado.

– Ahora estás contenta – murmuró; – me encuentro aquí, he vuelto y soy tuyo para toda la vida. Pero tienes que tranquilizarte: me has dado miedo. No debes agitarte, no debes interrumpir la línea de tu vida por nada. Yo no volveré a darte ningún dolor, pero tú tienes que prometerme que estarás tranquila, buena, como ahora.

Sintió que las maños de Agnese temblaban y se agitaban entre las suyas. Comprendió que ella volvía a rebelarse, y se las apretó con fuerza: así hubiera querido tener su alma, quieta y prisionera.

– ¡Tranquila, Agnese! Escúchame: tú nunca podrás saber lo que yo he sufrido hoy; pero era necesario. Me he quitado de encima mucha corteza impura, me he descortezado hasta hacerme sangre. Ahora estoy aquí, tuyo, sí, como Dios quiere que lo sea, todo alma.

– ¿Ves? – reanudó lentamente, con dificultad, como buscando las palabras en lo más hondo de sí mismo, y sacándolas fuera, – tengo la impresión de que nos hemos amado durante años y años, que lo hemos gozado y sufrido todo, el uno por el otro, hasta el odio, hasta la muerte. Y todas las tempestades del mar, toda su implacable vida, están dentro de nosotros. Nos agitamos y agitamos, y estamos siempre dentro de nosotros. Agnese, alma mía, ¿qué más quieres de mí de lo que puedo darte, mi alma?

De repente se calló. Sentía que ella no le comprendía, que no podía comprenderle. Y la veía cada vez más separada de él, como la vida de la muerte; pero, precisamente por esto, sentía que todavía la amaba, mejor dicho, cada vez más, como ama a la vida quien se muere.

Ella levantó la cabeza, despacio, y buscó con sus ojos, nuevamente hostiles, los ojos de él.

– Escúchame tú también, – dijo – no me engañes más. ¿Tenemos que marcharnos o no, como habíamos planeado ayer por la noche? Así no podemos vivir, aquí, de esta manera. Lo sé – e hizo una breve y triste pausa. – ¡Lo sé! – reanudó, irritándose, después de un momento de penoso silencio. – Si hemos de vivir juntos, vayámonos esta misma noche. Yo tengo dinero, ya lo sabes; tengo, es mío. Y tu madre, y mis hermanos, y todos nos perdonarán, después, cuando vean que hemos querido vivir en la verdad. Así no, en absoluto; ¡así no podemos seguir viviendo!

– ¡Agnese !

– Contestame en seguida; deja quietas las palabras...

– Yo no puedo escaparme contigo.

– ¡Ah!, entonces ¿por qué has vuelto? Déjame, vete. ¡Déjame!

El no la dejaba. Sentía que temblaba, tenía miedo de ella; y al ver que se inclinaba sobre sus manos unidas, tuvo miedo de que le mordiera.

– Vete, vete – insistía ella. – No soy yo quien te ha llamado. Ya que tenemos que ser fuertes, ¿por qué has vuelto?, ¿por qué me has besado? Si crees que puedes jugar conmigo, te equivocas; si crees que puedes venir aquí por la noche y escribirme cartas humillantes por el día, te equivocas. Así como has vuelto esta noche, volverás mañana por la noche y cada noche. Y acabarás por volverme loca. ¡ Pero yo no quiero, no quiero, no quiero! Tenemos que ser puros y fuertes, dices tú – repitió mientras su rostro, envejecido y trágico, palidecía mortalmente; – pero lo dices ahora. Me das horror. Vete lejos, esta noche misma. Que mañana yo me despierte y no vuelva a tener el terror de esperarte y de que me humilles así.

– ¡Dios, Dios! – gimió él, inclinándose hacia ella. Pero ella le rechazaba ahora.

– ¿Crees que estás hablando con una niña? Soy vieja; me has hecho envejecer tú en pocas horas. ¡La línea recta de la vida! ¡Ah, querrías seguir el lío así, a escondidas!, ¿verdad? Que yo me buscara marido, que tú realizaras mi matrimonio... y que nos siguiéramos viendo, engañando a todos para toda la vida. Vete, vete: tú no me conoces si crees esto. Tú ayer noche decías: «Sí, vámonos, yo trabajaré, nos casaremos». ¿No dijiste esto? ¿Lo dijiste? Y esta noche, en cambio, vienes a hablarme de Dios y de sacrificio. Entonces, acabemos de una vez. Dejémonos; pero, te lo repito, tienes que irte del pueblo esta misma noche. Yo no quiero volverte a ver. Si mañana celebras misa en nuestra iglesia, yo, desde el altar, le diré al pueblo: este es vuestro santo, que de día hace milagros y por la noche va a casa de las muchachas solas para seducirlas.

Él intentó taparle otra vez la boca; y como ella seguía repitiendo en voz alta: «Vete, vete, le agarró la cabeza, la apretó contra su pecho y miró asustado hacia las puertas cerradas. Recordaba las palabras de su madre, la voz que resonaba misteriosa en la oscuridad: «El antiguo párroco se ha sentado a mi lado y me dijo: "Pronto os echaré a ti y a tu hijo de este lugar"».

– Agnese, Agnese, deliras – gimió contra su cuello, mientras ella se retorcía para escapar. – Cálmate, escúchame; nada está perdido. ¿No ves que te quiero? Mil veces más que antes. Y no me iré, no. Quiero estar cerca de ti para salvarte, para ofrecerte mi alma, como se la ofreceré a Dios en la hora de mi muerte. ¿Qué sabes tú lo que he sufrido desde ayer noche a esta hora? Huía y te llevaba conmigo: huía como uno que lleva el fuego encima y cree que se libra de él, pero la llama le envuelve cada vez más. ¿Adónde no he ido, qué no he hecho para no volver aquí? Sin embargo aquí me tienes; estoy aquí, Agnese, ¿cómo puedo no estar aquí? ¿Me oyes? Yo no te traiciono, no te olvido; no quiero olvidarte. Pero tenemos que permanecer puros, Agnese; tenemos que conservar para la eternidad nuestro amor, confundirlo con las cosas mejores de la vida, con el dolor, con la renunciación, con la muerte misma; es decir: con Dios. ¿Comprendes estas cosas, Agnese? Sí que las comprendes, sí; dímelo.

Ella le rechazaba; parecía que quisiera hundirle el pecho con la cabeza, hasta que consiguió desasirse y volvió a erguirse, rígida, con sus hermosos cabellos de raso enmarañados como lazos alrededor de su rostro duro.

Con la boca cerrada, los párpados entornados, parecía que se hubiera dormido de pronto en un sueño austero lleno de sueños de venganza. Y él tuvo más miedo de aquel silencio, de aquella inmovilidad, que de las palabras insensatas y de los movimientos convulsivos de Agnese.

Volvió a cogerle las manos, se las apretó entre las suyas; pero, entrelazadas las cuatro, eran ya manos muertas para la alegría, para el apretón amoroso.

– Agnese, ¿no ves cómo me haces caso? Sé buena; ahora irás a descansar y mañana comenzará para todos una vida nueva. Nos veremos igualmente, siempre que tú quieras: seré tu amigo, tu hermano; nos sostendremos el uno al otro. Mi vida es tuya, dispón de mí como tú quieras. Hasta la hora de mi muerte estaré contigo, y, más allá aún, por toda la eternidad.

Aquel tono de plegaria la irritó de nuevo. Retorció un poco las manos dentro de las de él, movió los labios para hablar; pero luego, como él no la retenía, recogió sus manos en el regazo, reclinó la cabeza, y todo fue dolor, mas ahora dolor quieto, desesperado, en el rostro de Agnese.

El no dejaba de mirarla, como se mira a un moribundo, y su miedo aumentaba; se dejó resbalar hasta sus pies, puso la frente en su regazo, le besó las manos. Ya no le importaba que pudieran verle, que pudieran oírle: estaba allí, a los pies de la mujer y de su dolor, como Jesús en el regazo de la Madre.

Le parecía que nunca se había sentido tan puro, tan muerto para la vida terrenal; y, sin embargo, tenía miedo.

Agnese permanecía inmóvil, con las manos frías, insensible a aquellos besos de muerto; él se levantó y comenzó de nuevo a mentir.

– Te doy las gracias, Agnese. Así está bien, así estoy contento. La prueba está superada. Ahora, vamos, tranquilízate. Me voy. Mañana por la mañana – añadió en voz baja, inclinándose tímidamente – irás a misa y ofreceremos juntos nuestro sacrificio a Dios.

Ella volvió a abrir los ojos, le miró, los cerró de nuevo; parecía herida de muerte y que sus ojos se hubieran abierto por última vez, suplicantes y amenazadores, antes de cerrarse para siempre.

– Tú esta noche te irás lejos de aquí, que yo no te vea más – dijo marcando las sílabas.

Y él pensó que, al menos por el momento, era inútil luchar contra aquella fuerza ciega.

– Yo no puedo irme de esta manera – murmuró. – Mañana por la mañana diré la misa, y tú vendrás a oírla. Después, si es necesario, me iré.

– Yo iré, mañana por la mañana, y te acusaré al pueblo.

– Si haces esto, es señal de que Dios lo quiere. Pero tú no lo harás, Agnese. Tú puedes odiarme; pero yo te dejo en paz. Adiós.

Pero no se iba. Rígido, la miraba desde arriba; y sus cabellos, blandos, brillantes incluso a la sombra, los dulces cabellos que él amaba tanto y que tantas veces habían atraído las palmas de sus manos, le despertaban piedad: le parecían la venda negra con la que se cubren las heridas de la cabeza.

La llamó por última vez: – Agnese, ¿es posible que nos dejemos así? – añadió. – Dame la mano, levántate. Abreme la puerta.

Ella se levantó y pareció obedecerle; pero no le tendió la mano y fue derecha hacia la puerta por donde él había entrado.

Allí se detuvo, esperando.

"¿Qué puedo hacer?" se preguntó Paulo. Y sabía perfectamente que solo había un medio para aplacarla: caer de nuevo a sus pies, pecar y perderse con ella.

Y él no quería, ya no lo quería. Permaneció quieto en su puesto y bajó los ojos para rehuir su mirada. Cuando volvió a levantarlos, ella no estaba, había desaparecido, tragada por la oscuridad de su casa silenciosa.

Desde las paredes, los ojos de vidrio de los ciervos y de los gamos le miraban con tristeza, pero también con burla. Y en aquel momento de espera, solo en la gran habitación melancólica, sintió toda su miseria y su humillación; le pareció que era un ladrón, peor que un ladrón, un huésped que roba aprovechándose de la soledad de la casa amiga.

Y bajó de nuevo los ojos para rehuir también la mirada de las cabezas de la pared; pero no vaciló un momento, y aunque el grito de muerte de la mujer hubiera llenado de horror el silencio de la casa, él no habría vuelto a arrepentirse de haberla rechazado.

Esperó todavía unos minutos. Nadie aparecía. Y se le antojaba estar en medio del mundo muerto de sus sueños y de sus errores, en espera de alguien que le ayudara a salir de él. Nadie aparecía. Entonces fue a la puerta del huerto, atravesó el sendero a lo largo del muro, bajo la sombra negra de las higueras; y salió por el portillo que tan bien conocía.

Helo aquí de nuevo subiendo por la escalera oscura; pero el peligro estaba superado, o, por lo menos, el miedo del peligro.

Y, sin embargo, se detuvo ante la puerta de su madre, pensando que sería conveniente referirle en seguida el éxito de su coloquio y la amenaza de Agnese; pero oyó que roncaba y siguió adelante. Su madre dormía, porque ahora estaba segura de él y sabía que se encontraba a salvo.

¡A salvo! Miró a su alrededor, en su habitación, como si realmente hubiera regresado de un viaje desastroso. Todo estaba ordenado y tranquilo; y Paulo comenzó a desnudarse, moviéndose de puntillas, decidido a no volver a romper aquel orden y aquel silencio.

He aquí sus ropas colgadas del perchero, más negras que su sombra sobre la pared; he aquí el sombrero, en lo alto de un delgado cuello de madera, que se adelanta, y las mangas de la sotana que caen blandas y cansadas.

Y todo aquel fantasma oscuro y vacío, como descarnado y desangrado por un vampiro, le daba casi miedo; le parecía la sombra del error del que se había liberado, pero que le esperaba para acompañarle al día siguiente por los caminos del mundo.

Un instante, y se dio cuenta, con terror, de que volvía a caer en la pesadilla. No estaba a salvo todavía: tenía que atravesar otra noche, como un último brazo de mar borrascoso.

Estaba cansado, los párpados se le cerraban, pesados; pero una angustia indefinida le impedía arrojarse a la cama, e incluso sentarse, descansar de alguna manera.

Y seguía caminando, entreteniéndose en hacer cosas pequeñas e insólitas, abriendo uno a uno los cajones y mirando lo que había dentro.

Al pasar por delante del espejo, se miró y vio que tenía la cara gris, los labios violeta y los ojos hundidos. "Mírate bien, Paulo", dijo a su imagen, y se separó un poco para que la luz de la lámpara cayera mejor sobre el espejo. También la figura de dentro se separaba, como si quisiera huir de él; y él la miraba fijamente. Le parecía que el verdadero Paulo era aquél, un Paulo que no mentía, que revelaba en la palidez de su rostro todo su miedo del mañana.

"¿Por qué, en cambio, yo me finjo una tranquilidad que no siento? Es preciso marcharse esta misma noche, como quiere ella."

Y fue, un poco más tranquilizado, a arrojarse en la cama.

Entonces, con los ojos cerrados, con la cara hundida en la almohada, creyó que veía mejor dentro de su conciencia.

"Sí; es preciso partir esta noche. Cristo mismo impone evitar los escándalos. Es conveniente que despierte a mi madre, que la advierta, y que, si podemos, nos marchemos juntos; que ella me lleve por segunda vez, como cuando era niño, y que yo pueda recomenzar una nueva vida."

Pero sentía que todo esto era exaltación, que no tenía el valor de hacer lo que pensaba.

¿Y por qué, además? En el fondo estaba seguro de que Agnese, a su vez, no cumpliría la amenaza. ¿Por qué, pues, irse? Ni siquiera el peligro de volver a su casa y de perderse con ella le amenazaba; ahora ya había superado la prueba.

Pero la exaltación volvía a apoderarse de él.

"Y, sin embargo, tienes que irte, Paulo. Despierta a tu madre y marchaos juntos. ¿No oyes quién te habla? Soy yo, soy Agnese. ¿Crees de verdad que no cumpliré la amenaza? Tal vez no la cumpla; pero te digo igualmente que te vayas. ¿Crees que te has separado de mí? Yo estoy dentro de ti, soy la mala simiente de tu vida. Si te quedas aquí, no te abandonaré un instante; seré la sombra bajo tus pies, el muro entre tú y tu madre, entre tú y tú mismo. Vete."

Y él procuraba aplacarla, aplacar su conciencia.

"Ya me voy, ¿oyes? Ya me voy; nos vamos juntos; tú dentro de mí, más viva que yo. Aplácate, no me atormentes más; estamos juntos, viajamos juntos, transportados por el tiempo, hacia la eternidad. Estábamos separados y lejos cuando nuestros ojos se miraban y nuestras bocas se besaban: separados y enemigos. Solo ahora comienza nuestra verdadera unión, en tu odio, en mi paciencia, en mi renuncia."

Luego el cansancio comenzó a vencerlo. Sentía un gemido continuo, ahogado, fuera de la ventana, como de una paloma en busca de su compañero. Y aquel lamento de dolor y de voluptuosidad le parecía el lamento mismo de la noche; noche blanca de luna, pero de una blancura blanda, velada, con el cielo totalmente cubierto de pequeñas nubes como plumas. Luego se dio cuenta de que era él quien gemía; pero el sueño le aplacaba ya: el miedo, el dolor, los recuerdos, se alejaban. Le pareció que iba realmente a caballo, por el sendero de la meseta. Todo estaba tranquilo, claro. A través de los grandes alisos amarillos se entreveían claros cubiertos de hierba, de un verde tierno que sosegaba la mirada. Las águilas, inmóviles sobre las rocas, contemplaban fijamente el sol.

De repente, el guarda forestal se le acercó, le saludó y le puso un libro abierto sobre el arzón.

Y él comenzó a leer la Epístola de San Pablo a los Corintios, en el punto justo donde la había dejado la noche anterior: «El Señor conoce los pensamientos de los sabios y sabe que son vanos...».

Los domingos, la misa era más tarde que los demás días; pero él iba a la iglesia temprano para confesar a las mujeres que luego querían comulgar.

La madre, pues, le llamó a la hora de costumbre.

El dormía desde hacía unas horas, con un sueño pesado, ciego. Se despertó con un turbio deseo de volver a dormirse en seguida. Los golpes en la puerta insistían, y Paulo recordó.

Se levantó inmediatamente, rígido de miedo.

"Agnese irá a la iglesia y me acusará ante el pueblo."

No sabía por qué, pero durante el sueño, la certidumbre de que ella cumpliría su amenaza se había enraizado dentro de él.

Se dejó caer en una silla, con una sensación de impotencia, con las rodillas muertas. Una niebla confusa le velaba la mente, pensaba que todavía había tiempo de evitar el escándalo; podía hacer ver que estaba enfermo y no celebrar la misa, y, mientras tanto, ganar tiempo e intentar aplacar a Agnese; pero la simple idea de recomenzar el drama, de entrar de nuevo en la miseria del día anterior, aumentaba su angustia.

Se levantó y le pareció que chocaba contra el cielo con la frente, a través de los vidrios de la ventana.

Golpeó los pies contra el suelo, para librarse del hormigueo que le paralizaba la sangre. Luego se vistió, apretándose el cinturón y envolviéndose bien en la sotana, como había visto que los cazadores se apretaban la cartuchera y se envolvían en la capa para ir a la montaña.

Cuando al fin abrió la ventana y se asomó a ella, le pareció que finalmente abría los ojos a la luz del día, después de la pesadilla nocturna; que finalmente había salido de la cárcel de sí mismo y que hacía las paces con las cosas exteriores; pero eran unas paces forzada, llenas de rencor escondido; y bastó que se retirara, pasando del aire fresco exterior al aire caliente y perfumado de su habitación, para que la angustia volviera a aferrarle y le arrojara de nuevo dentro de sí mismo.

Entonces huyó otra vez, pensando en qué le diría a su madre.

Oía su voz un poco ronca espantando a las gallinas que intentaban invadir el comedor, y el lento revoloteo de estas, y percibía el olor a café hervido y a la fresca hierba de fuera.

En la calleja de debajo del ribazo temblaba un tintineo de cabras que iban a pacer, y parecía un eco infantil del monótono y, sin embargo, alegre tañido de campanas con el que Antioco invitaba a la gente a despertarse y a ir a misa.

Todo estaba tranquilo, tierno, lleno del resplandor rojizo de la aurora. Paulo recordó su sueño.

Nada le impedía salir, ir a la iglesia y reanudar su vida. Y, sin embargo, de nuevo tenía miedo: miedo de ir adelante, de volver atrás. Le parecía estar en la piedra de su umbral, como en el pico de una montaña: más arriba no podía ir, más abajo se abría el abismo. Momento indecible, durante el cual sintió que su corazón le zumbaba dentro. Y tuvo la impresión física de que realmente estaba asomado a un torbellino, en el fondo del cual se movía, en el remolino espumeante de una riada, una rueda que giraba por nada, esforzándose solo en golpear el agua que proseguía su curso.

Era su corazón que giraba así, inútilmente, en el remolino de la vida. Cerró la puerta, volvió atrás y se sentó en la escalera, como la madre la noche anterior; renunciaba a resolver su problema, pero esperaba que alguien viniera a ayudarle.

Fue la madre quien le encontró así. Al verla, se levantó en seguida, animado ya, pero también humillado en el fondo de su conciencia: tan seguro estaba de que su consejo sería el de seguir por el camino elegido.

Y, sin embargo, lo primero que vio fue el rudo rostro de ella que palidecía, que casi se afinaba por la angustia.

– ¡Paulo! ¿Por qué estabas así? ¿Te encuentras mal?

– Mamá, – dijo él, encaminándose hacia la puerta, sin volverse, – no quise despertarla anoche. Era tarde. He estado allí. He estado allí.

La, madre le miraba, con la cara tranquilizada de nuevo. En el silencio breve que siguió a sus palabras, se oyó la campana que tañía más rápida e insistente, como encima de la casa.

– Está bien; solo está agitada porque pretende que yo abandone en seguida el pueblo; si no, me amenaza con venir a la iglesia y dar un escándalo denunciándome.

La madre callaba; pero él la sentía a su espalda, firme y dura, que le sostenía, como cuando daba sus primeros pasos.

– Quería que me fuera esta misma noche. Y... dijo que, si no, vendría esta mañana a la iglesia... Yo no le tengo miedo, y además creo que no vendrá.

Volvió a abrir la puerta: una red de luz plateada tembló en el zaguán gris, y pareció pescar a él y a su madre y sacarlos a la luz.

Paulo se encaminó hacia la iglesia sin volverse. La madre permaneció ante la puerta contemplando cómo se alejaba.

No había abierto los labios, pero un leve temblor intentaba de nuevo descomponerle su mentón voluntarioso. De repente subió a la habitación y se vistió aprisa para ir también ella a la iglesia. Y también ella se apretaba el cinturón y pisaba fuerte. Antes de salir, no olvidó echar a las gallinas, retirar del fuego la cafetera y cerrar la puerta. Finalmente, se ciñó bien sobre la barbilla y la boca el extremo del chal, porque el temblor, a pesar de cuantos esfuerzos hacía para dominarlo, le duraba todavía.

Así saludó solamente con los ojos a las mujeres que subían del pueblo y a los viejos, que esperaban ya delante del parapeto de la plaza, con las puntas de las capuchas negras tiesas sobre el cielo rosa del horizonte.

Mientras tanto, Paulo había entrado en la iglesia.

Algunas penitentes solícitas le esperaban ya, agrupadas en torno del confesionario; es más, la que había llegado primero había ocupado ya su sitio en el reclinatorio, mientras las otras esperaban su turno.

También algunos muchachos madrugadores hacían guirnalda a Nina Masia, arrodillada debajo de la pila de agua bendita, a la que parecía sostener con su cabecita diabólica. Y el cura topó con ellos, con su andar distraído, irritándose en seguida al reconocer a la muchacha, que la madre había colocado allí a propósito para que todos la vieran. Le pareció que se la encontraba siempre entre los pies, como un obstáculo y un reproche.

– Marchaos inmediatamente de aquí – dijo, con una voz fuerte que resonó en toda la iglesia; y, en seguida, la guirnalda de los muchachos se estiró, se desplazó, retirándose un poco, llevando siempre a Nina Masia en medio, pero disponiéndose a su alrededor de manera que la vieran todos los que estaban en la iglesia.

Todas las mujeres dirigían su gran cabeza hacia ella, sin dejar de rezar; y parecía que ella fuera el ídolo de la pequeña iglesia bárbara, inundaba por el olor selvático de los campesinos y la polvareda, rosada de la mañana campestre.

El caminó derecho; pero su angustia aumentaba. Rozó el banco donde Agnese solía arrodillarse – un antiguo banco familiar con el reclinatorio tallado –, y midió con los ojos los pasos que le separaban del altar.

"Cuando la vea levantarse para ejecutar su funesto proyecto, tendré tiempo de retirarme a la sacristía."

Y al entrar en esta se estremeció. Antioco había bajado corriendo del campanario, para ayudarle a vestirse; y le esperaba con el armario abierto, la cara seria, más pálida que de costumbre, casi trágica. Parecía completamente consciente de su futura misión, tal como se la habían predicado la noche anterior; pero la máscara le temblaba sobre el rostro, fresco por el aire del campanario, y, bajo los párpados entornados, los ojos le brillaban de alegría, y, bajo los labios cerrados, los dientes se apretaban para contener la risa. El corazón le latía, llevando dentro toda la luz, los cuchicheos, la alegría de aquella mañana de fiesta. De repente, sin embargo, mientras arreglaba en la muñeca del cura el encaje del alba, levantó los ojos oscurecidos: se había dado cuenta de que la mano, bajo el encaje, temblaba; y también de que el rostro venerado estaba pálido y alterado.

– ¿Se encuentra mal?

Sí; el cura se encontraba mal, aunque dijera que no con la cabeza: un flujo de saliva salada le llenaba la boca y le parecía sangre; pero en el fondo de su malestar germinaba la esperanza.

"Caeré muerto, se me romperá el corazón, y así, por lo menos, todo habrá terminado."

Bajó para confesar a algunas mujeres; y vio a su madre al fondo de la nave, junto a la puerta.

Inmóvil y dura, firme sobre las rodillas, parecía vigilar la entrada de la iglesia y todo el templo, dispuesta a resistir hasta su derrumbamiento, si este hubiera sucedido.

Pero él ya no se animaba; y dentro, aquel germen de esperanza mortal crecía, crecía, le oprimía las entrañas, le sofocaba el corazón.

Cuando estuvo en el confesonario se tranquilizó un poco. Le parecía que estaba ya dentro de la tumba; pero, al menos, estaba escondido y podía contemplar su horror; y el cuchicheo leve de las mujeres detrás de la reja, empujado por sus suspiros y por su cálido aliento, le parecía el susurro de las matas del ribazo movidas por el paso de los lagartos. Y Agnese estaba de nuevo allí, encerrada en aquel escondrijo donde tantas veces la había llevado consigo en su pensamiento. El aliento de las mujeres jóvenes y el olor de sus cabellos y de sus vestidos de fiesta, perfumados con espliego atravesaban su angustia y aumentaban su pasión.

Y las absolvía de todos sus pecados, pensando que, dentro de poco, también él estaría a merced de su misericordia.

Luego le asaltó nuevamente el ansia de salir, de ver si Agnese llegaba.

El banco estaba vacío.

Tal vez ni siquiera vendría. Sin embargo, a veces, se ponía en el fondo de la iglesia, apoyada en una silla que la criada le llevaba. Se volvió, y vio solamente la figura leñosa de su madre; y arrodillándose para empezar la misa, le pareció que también su alma se inclinaba ante Dios, vestida con su pena, como él estaba vestido con el alba y la casulla.

Entonces se impuso no volver a mirar atrás, cerrar los ojos cada vez que debiera volverse para bendecir. Tenía la impresión de que andaba, de que andaba cuesta arriba, por un áspero calvario; y una leve contracción nerviosa le retorcía la nuca cada vez que debía dirigirse hacia el pueblo. Entonces cerraba los ojos, sí, como para no ver el abismo bajo sus pies; pero, a través de sus párpados temblorosos, se le aparecía obstinadamente el banco tallado, con la figura negra de Agnese, negra sobre el fondo gris de la iglesia.

Y Agnese realmente estaba allí, vestida de negro, con un velo negro alrededor de su rostro de marfil. El broche dorado de su libro de oraciones brillaba sobre los dedos negros de sus manos enguantadas; y ella parecía leer, pero no volvía nunca la página. La criada estaba arrodillada a su lado, en el suelo, con su cabeza de esclava a ras del banco. De cuando en cuando, dirigía sus ojos de perro fiel hacia el rostro de su dueña, como si supiera su triste pensamiento y vigilara.

Y él lo *veía* todo desde el altar; y ya no tenía ninguna esperanza, si bien, en el fondo, el corazón le decía que no era posible que Agnese cumpliera su loca amenaza.

Cuando volvió las páginas del Evangelio, un sollozo nervioso le cortó las palabras en la boca; y de nuevo se sintió todo empapado de sudor. Tuvo que apoyarse en el libro porque le pareció que se desmayaba.

Un instante, y se recobró.

Antioco le miraba, dándose cuenta de los progresos del mal en aquel rostro que se descomponía como el de un cadáver; y estaba cerca de él, preparado para sostenerle, volviendo de cuando en cuando los ojos hacia los viejos, cuyas barbas asomaban por entre la balaustrada, para observar si alguno de ellos se daba cuenta del malestar del cura.

Nadie se daba cuenta. La misma madre, firme en su sitio, rezaba y esperaba, sin ver el mal de Paulo.

Y Antioco se le acercaba, cada vez más solícito, tanto, que él lo advirtió y le miró asustado. El muchacho respondió con sus ojos vivaces, con un movimiento rápido de los párpados, como si le dijera: «Estoy aquí; siga».

Y él seguía cuesta arriba, por la pendiente de su calvario. Un poco de sangre volvía a fluir a su corazón; los nervios se le relajaban, pero era todo una desesperada entrega al peligro, el relajamiento del náufrago que ya no tiene fuerzas para luchar contra las olas. Al volverse hacia los fieles ya no cerró los ojos.

– El Señor sea con vosotros.

Agnese estaba allí en su sitio, inclinada, leyendo la página que no volvía nunca: el broche dorado de su libro brillaba en la penumbra. La criada se había agazapado a sus pies; y también todas las demás mujeres, incluida su madre, allá en el fondo, estaban sentadas en el suelo, apoyadas en los talones, pero levemente, prontas para incorporarse de nuevo sobre las rodillas en cuanto el sacerdote moviera el libro.

Y Paulo movió el libro y reanudó sus oraciones y sus lentos gestos. Le vencía casi una sensación de ternura pensando, en su desesperación, que Agnese le acompañaba en su calvario, como María a Jesús; que dentro de pocos instantes subiría al altar, que se encontrarían una vez más, en lo alto de su error, para expiar juntos, así como habían pecado juntos.

¿Cómo podía odiarla, si ella llevaba consigo su castigo, si el odio de Agnese era todavía amor?

Comulgó; y el leve sorbo de vino se le metió dentro del pecho realmente como un arroyuelo de sangre. Se sintió fuerte, reanimado, con el corazón lleno de la presencia de Dios.

Y mientras bajaba hacia las mujeres volvió a ver, emergiendo de una sombra de cabezas inclinadas, la figura de Agnese, inmóvil en su banco. También ella había inclinado la cabeza entre las manos, y tal vez reunía sus fuerzas antes de moverse. Y Paulo sintió de repente una infinita piedad hacia ella. Hubiera querido bajar hasta ella, absolverla, tenderle la comunión como a un agonizante. También él había reunido sus fuerzas; pero sus dedos temblaban al acercar la partícula a las mujeres.

En cuanto terminó la comunión, un viejo vecino entonó un cántico religioso. Los fieles acompañaban a media voz los versículos, y a plena voz repetían dos veces la antífona.

Era un cántico primitivo y monótono, antiguo como las primeras plegarias de los hombres en las selvas apenas pobladas, antiguo y monótono como el batir de las olas contra la playa solitaria; pero bastó aquel murmullo alrededor de su banco negro para que Agnese tuviera la impresión de que realmente, después de una angustiosa carrera nocturna a través de una selva primitiva, hubiera llegado frente al mar, sobre las dunas florecidas de lirios silvestres y doradas por la aurora.

Algo le subía desde lo más hondo de su ser. Las entrañas le venían a la garganta, y todo se invertía en su alrededor, como si ella hubiera andado hasta entonces del revés, con la cabeza hacia abajo, y acabara ahora de recobrar su posición normal.

Era todo el pasado suyo y de su raza lo que subía por su ser, y se apoderaba de ella, con aquel cántico de viejos y de mujeres, con la voz de su nodriza, de sus criados, de los hombres y de las mujeres que habían construido y arreglado su casa y cultivado sus huertos y tejido la tela de sus primeros pañales.

¿Cómo podía excusarse ante aquel pueblo que la consideraba todavía su señora, más pura aún que el cura que estaba en el altar?

Entonces también ella sintió la presencia de Dios alrededor y dentro de ella, en su misma pasión.

Sabía perfectamente que el castigo que quería infligir al hombre con el que había pecado era su mismo castigo; pero Dios misericordioso le hablaba ahora con la voz grave de los viejos, de las mujeres, de los niños inocentes, y la ponía en guardia contra sí misma, la aconsejaba que se salvara.

Desfilaban por delante de ella, con los versos cantados por su pueblo, todos sus días solitarios: volvía a verse de niña, luego de mujer, en aquella misma iglesia, en aquel mismo banco negro, gastado por las rodillas y los codos de sus antepasados; hasta la iglesia pertenecía en cierto modo a su familia; había sido construida por una antepasada suya, y la misma imagen de la Virgen, según la leyenda, había sido arrebatada a los piratas berberiscos y la había llevado al pueblo un abuelo suyo.

Agnese había nacido y crecido entre estas leyendas, en una atmósfera de grandeza que la separaba del pequeño pueblo de Aar, dejándola sin embargo en medio de él, encerrada en él, como una perla dentro de su tosca concha.

¿Cómo podía acusarse delante de su pueblo?

Pero precisamente esta sensación de ser la dueña incluso del lugar sagrado le hacía más insoportable la presencia del hombre que había sido su compañero en el pecado y ahora se le mostraba desde arriba, disfrazado de santidad, con los vasos sagrados en la mano; alto y luminoso sobre ella, arrodillada a sus pies, culpable solo de haberle amado.

El corazón volvía a hinchársele de ira y de angustia y el cántico del pueblo temblaba a su alrededor, tenebroso, como si suplicara desde un abismo y le pidiera salvación y justicia.

Ahora Dios le hablaba, sombrío y austero, mandándole arrojar del templo a su siervo impostor.

Se puso pálida, fría de sudor mortal. Las rodillas le temblaban contra el banco; pero no volvió a doblar la cabeza y se mantuvo firme mirando los movimientos del oficiante en el altar. Y sentía como si un soplo maléfico le saliera de la boca y fuera rectamente hacia él, para envolverle con el hielo que a ella la envolvía.

El sentía aquel soplo de muerte.

Como en las mañanas rígidas de enero, tenía las puntas de los dedos heladas; el temblor de la nuca se había intensificado.

Cuando se volvió para la bendición, vio que Agnese le miraba. Sus ojos se encontraron, en un relámpago de luz; y él, como los ahogados que se van al fondo, recordó en aquel instante toda la alegría de su vida, que era solamente la que provenía del amor de ella, de la primera mirada, del primer beso de ella.

La vio levantarse con el libro en la mano.

– Dios mío, hágase tu voluntad – gimió Paulo arrodillándose; y le pareció que realmente estaba en el Huerto de los Olivos, bajo la inminencia del destino implacable.

Rezaba en voz alta y esperaba, y, entre el murmullo de las plegarias, le parecía oír que los pasos de Agnese se acercaban al altar...

"Se ha levantado del banco..., está entre el banco y el altar. Ahora..., ahora anda: todos la miran. Está ahí, a mi espalda."

La obsesión se apoderó de él tan fuertemente, que la voz se le detuvo en la garganta. Vio a Antioco, que ya comenzaba a apagar los cirios, volverse de improviso, mirando; y ya no tuvo ninguna duda. Ella estaba allí, a su espalda, en las gradas del altar.

Se levantó. Le pareció que tocaba la bóveda con la cabeza y que algo le aplastaba. Las rodillas se le doblaban nuevamente; pero, con un esfuerzo, consiguió subir el escalón e ir hacia el altar para coger el copón.

Y al volverse para entrar en la sacristía, vio a Agnese que desde su banco se había acercado hasta la balaustrada y se disponía a subir los escalones.

"Dios, Señor mío, ¿por qué no me has permitido morir?" Paulo inclinó la cabeza sobre el copón, y pareció como si expusiera su pálida nuca al golpe de hacha que tenía que herirlo.

Caminando hacia la sacristía vio, sin embargo, que Agnese se doblaba también y se arrodillaba en el escalón bajo la balaustrada.

Agnese había tropezado con el primer escalón, y, como si una muralla se hubiera levantado de improviso ante ella, se había doblado sobre sus rodillas. No podía avanzar más.

Un espeso velo le oscurecía los ojos.

Solo al cabo de unos momentos vio de nuevo los escalones, la alfombra amarillenta a los pies del altar, el altar florido y la lámpara encendida.

Pero el cura había desaparecido; en su lugar, un rayo oblicuo de sol atravesaba el aire y ponía una mancha de oro sobre la alfombra.

Agnese se persignó, se levantó y se fue hacia la puerta. La criada le seguía: los viejos, las mujeres, los niños se volvían para mirarla y sonreían y la bendecían, con los ojos, como a su señora, su símbolo de belleza y de fe: tan lejos de ellos, y, sin embargo, en medio de ellos y de su miseria, como la rosa silvestre en medio de las zarzas.

Antes de salir, la criada le dio con la punta de los dedos el agua bendita, y junto a la puerta se inclinó para sacudirle con la mano el polvo del escalón del altar, que se le había quedado en la falda.

Al levantarse, vio el rostro palidísimo de Agnese vuelto hacia el rincón de la iglesia donde estaba la madre del cura; y a esta inmóvil, sentada contra la pared, con la cabeza reclinada sobre el pecho, como si se esforzara precisamente en sostener la pared que temía que se derrumbara.

Una mujer, al darse cuenta del interés de Agnese y de la criada, se volvió también; luego, de un salto, se acercó a la madre del cura, la llamó en voz baja, le levantó la cara con la mano.

Los ojos de la madre estaban entornados, pero vidriosos; y la pupila había subido hacia arriba, había desaparecido. Le cayó el rosario de la mano y la cabeza se dobló contra el costado de la mujer que la sostenía.

– ¡Está muerta! – gritó la mujer.

En un instante, todo el mundo se puso en pie, todos al fondo de la iglesia.

Paulo, mientras tanto, había entrado en la sacristía, con Antioco, que llevaba el libro de los Evangelios.

Temblaba: temblaba de frío y de alegría. Tenía realmente la impresión que debe sentirse cuando uno se ha salvado de un naufragio; y sentía además la necesidad de moverse, para calentarse, para convencerse de que todo había sido un sueño.

De la iglesia llegaba un rumor confuso de voces, primero débil, luego cada vez más fuerte. Antioco asomó la cabeza por la puerta y vio a toda la gente aglomerada en el fondo de la iglesia, como si la puerta se hubiera obstruido; pero ya un viejo subía los escalones del altar, haciendo gestos misteriosos.

– La madre se encuentra mal.

Paulo estuvo allí en un vuelo, revestido todavía con el alba, y se arrodilló, oprimido por la multitud, para ver mejor a la madre tendida en el suelo con la cabeza en el regazo de una mujer.

– ¡Madre, madre!

El rostro estaba inmóvil, y duro, los ojos entornados, los dientes apretados en el esfuerzo para no gritar.

El comprendió en seguida que su madre había muerto de la misma pena, del mismo terror que él había podido superar.

Y también él apretó los dientes para no gritar, cuando al levantar los ojos, en la nube confusa de la multitud que se aglomeraba a su alrededor, encontró los ojos de Agnese.

Fin de "La madre"

La Autora

GRAZIA DELEDDA nació en Nuoro (Cerdeña, Italia) el 27 de septiembre de 1871. La quinta de siete hijos, venía de una familia pudiente, lo que le permitió, después de los estudios limitados concedidos a las mujeres a finales del siglo XIX, seguir de forma privada y de manera autodidacta su formación.

Puso mucho empeño en aprender italiano que para ella, sarda, fue su segunda lengua. Contrariada por su familia y la comunidad nuoresa, empezó a publicar bajo un seudónimo. Fue emprendedora desde el principio y se autopropuso a unas cuantas revistas sardas y del resto de Italia. En el primer periodo de su carrera como escritora, se dedicó con pasión a los estudios sobre las tradiciones populares de Cerdeña. Todo el material colegido sobre el folclore sardo confluiría después en sus obras.

Con poco más de veinte años, colaboraba ya con muchas revistas, sardas y después nacionales. A esa edad, ya había publicado unos cuantos cuentos y sus primeras novelas. Su primer cuento, *Sangue sardo*, se publicó en 1888 en la revista romana "Ultima moda", y del mismo año es su primera novela, *Memorie di Fernanda*. En 1890 publicó su primera colección de cuentos, *Nell'azzurro*.

A partir de 1895, empezó a cosechar los frutos de su trabajo. Su novela *El camino del mal* fue bien acogida por la crítica y sus novelas empezaron a ser traducidas en el extranjero.

En 1900 se casó y se trasladó a Roma, donde, excepto por breves desplazamientos, permaneció hasta su muerte.

A partir de este periodo, publicó casi un libro al año. Sus novelas fueron más de treinta y los cuentos unos cuatrocientos. Algunas de sus obras: *Elias Portolu* (1900), *Cenizas* (1903), *La hiedra* (1908), *Cañas al viento* (1913), *El incendio en el olivar* (1918), *La danza del collar* (1924).

Su ambición era conseguir un público en toda Italia al que dar a conocer Cerdeña, y sus obras las escribió todas en italiano, aunque no faltan expresiones y palabras en sardo que la misma autora evidenciaba en cursiva y que se preocupaba por traducir.

Debido a su interés por la vida interior de los personajes, los críticos vieron en su obra un acercamiento a la novela decadente y simbolista, y por sus representaciones de la vida de la provincia sarda también era comparada con otros novelistas realistas.

Con la madurez, abandonó el amplio panorama de la literatura europea para dedicarse casi exclusivamente a una tierra, la suya, que todavía carecía de una estética literaria.

Grazia Deledda, siempre consciente de la novedad de su obra, coronó su sueño de convertirse en escritora en Estocolmo en 1927, cuando ganó el Nobel de Literatura «*for her idealistically inspired writings which with plastic clarity picture the life on her native island and with depth and sympathy deal with human problems in general*».

Sus novelas más maduras tuvieron un público muy vasto a nivel europeo también porque, aunque tenían como ambiente privilegiado Cerdeña, se referían a dramas universales de pasión, deseo, pecado y culpa. Sus personajes están siempre en el centro de un conflicto entre deseos y tabúes. Luchan contra prohibiciones impuestas por la sociedad, principios religiosos, viejos códigos de comportamiento y, no menos importante, contra la fuerza de su propia conciencia siempre suspendida entre el deseo de vida y el sentimiento de culpa. Sin embargo, casi siempre se ven derrotados por un destino al que no pueden oponerse.

Estos temas, que proceden también de las diversas lecturas de la autora, se enriquecen en el fondo del paisaje sardo, siempre en el centro de su literatura y auténtico protagonista.

Durante los diez años siguientes a la concesión del premio Nobel, las obras se subsiguieron a un ritmo apresurado: *Annalena Bilsini* (1927), *Il vecchio e i fanciulli* (1928), *El pueblo del viento* (1931), *L'argine* (1934), *La chiesa della solitudine* (1936). Destaca también el número de traducciones.

Grazia Deledda murió en Roma el 15 de agosto de 1936 y ahora descansa en Nuoro en la Chiesa della Solitudine.

En 1936 se publicó a modo póstumo una novela de carácter autobiográfico, *Cosima*. Un legado precioso sobre la juventud y el recorrido como escritora de Deledda.

La colección "Le Grazie"

Memorie di Fernanda, 1888
Nell'azzurro, 1890
Stella d'oriente, 1890
Fior di Sardegna, 1891
Racconti sardi, 1894
Tradizioni popolari di Nuoro in Sardegna, 1894
Anime oneste, 1895
La via del male, 1896
L'ospite, 1897
Il tesoro, 1897
Le tentazioni, 1899
La giustizia, 1899
Il vecchio della montagna, 1899
Elias Portolu, 1900
La regina delle tenebre, 1901
Dopo il divorzio, 1902
Cenere, 1903
Nostalgie, 1905
I giuochi della vita, 1905
Amori moderni, 1907
L'ombra del passato, 1907
Il nonno, 1908
L'edera, 1908
Il nostro padrone, 1910
Sino al confine, 1910
Nel deserto, 1911
Chiaroscuro, 1912
Colombi e sparvieri, 1912
Canne al vento, 1913
Le colpe altrui, 1914
Il fanciullo nascosto, 1915
Marianna Sirca, 1915
L'incendio nell'oliveto, 1917-1918
Il ritorno del figlio, 1919

La madre, 1919
Il segreto dell'uomo solitario, 1921
Il Dio dei viventi, 1922
Il flauto nel bosco, 1923
La danza della collana, 1924
La fuga in Egitto, 1925
Il sigillo d'amore, 1926
Annalena Bilsini, 1927
Il vecchio e i fanciulli, 1928
Il dono di Natale, 1930
La casa del poeta, 1930
Il paese del vento, 1931
La vigna sul mare, 1932
Sole d'estate, 1933
L'argine, 1934
La chiesa della solitudine, 1936
Cosima, 1936

Todos los títulos son disponibles en formato ebook (epub, Kindle).